Zugspitze
Partenkirchen
Garmisch
Burg Werdenfels
Via imperii
Ammergebirge
Farchant
Oberau
Ettal
Burg Eschenlohe
Via imperii
Eschenlohe
Moos
Moos
Wörth
Seehausen
Staffelsee
Uffing

AL STEIGER

SCHUWENBURG

ROMAN

Für Willi,
der vorausgegangen ist.
Wir werden uns wiedersehen …

I.

Noch ein paar Minuten, und die untergehende Sonne würde hinter einem der zahllosen Dächer der Großstadt verschwunden sein.

Schattenspiele - die Zeit des Tages, die Greg nicht mochte. In seinen Korbsessel gekauert starrte er zur Decke des Wohnzimmers. Schattenspiele … Schattenfratzen … grinsende Gnome. Je weiter sich die Dämmerung in das Zimmer schlich, umso näher würden sie sich heranschleichen. Wenn er denn in seinem Sessel sitzen blieb …

Er stand auf und ging zum Fenster. Das Appartement hier war Schlafstätte, Schuhkarton mit Hausnummer, weiter nichts. Und der Ausblick von hier oben konnte daran auch nichts ändern.

Das, was er unter Wohnen verstand, hatte er schon vor Monaten aufgeben müssen, denn das Landhaus hatte seiner Frau gehört, und von der war er inzwischen rechtskräftig geschieden.

Kein schilfumwachsener Gartenteich mehr, keine Buchen mehr und keine Fichten: dieses Stück umzäunte Natur, weitab vom Stein gewordenen Irrgarten der Großstadt München.
Jetzt sah er vom dreizehnten Stock aus auf die Dächer dieser Stadt, sah auf ihre Ziegeldächer, auf ihre schmutzig grauen Blechdächer, auf ihre geländergesicherten Flachdächer. Dazwischen, wie wahllos verstreut, die Kirchtürme der Stadtpfarreien. Sahen sie nicht aus wie riesige, kahle Baumstämme?
Ob es nicht doch ein Fehler gewesen war, hierher in diese anonyme Betonburg zu ziehen? Aber er musste ja nicht für immer hier wohnen bleiben …
Das Appartement war für Münchner Verhältnisse fast preiswert zu nennen, und von seinem Büro bei der Versicherung war es nur ein paar Straßen weit weg. Doch den Job bei der Versicherung war er inzwischen los – nur dieses öde Mauseloch von einer Wohnung war geblieben.
Die gute alte Tante Olga: sie war sehr wohlhabend gewesen, die Witwe eines Spediteurs aus Dortmund. Und Greg hatte sich zu Recht ihren Lieblingsneffen nennen dürfen – Kunststück, er war ja auch ihr einziger Neffe. Zwei Wochen nach seinem Scheidungstermin hatte die Tante ganz plötzlich einen Schlaganfall erlitten und war gestorben. Nach der Testamentseröffnung wusste Greg, er würde die nächsten Jahre ohne festes Arbeitsverhältnis leben können. Kein Luxusleben zwar, aber er würde doch ein gutes Auskommen haben.

… und gerade zur rechten Zeit: Günther heiße er, der Neue, hatte ihm Claudia, seine Ex, vor Jahresfrist beim Frühstück eröffnet. Er sei freischaffender Künstler, und mit ihm würde sie endlich ihr innerstes Ich finden und leben können. Ohne Frage würde er, Greg, im Haus wohnen bleiben können, bis er was Passendes gefunden hätte. Denn sie wisse, dass das bei der angespannten Wohnungslage in München - und mit dem, was er bei der Versicherung verdiene - gar nicht so leicht sei.
Günther … innerstes Ich … hier wohnen bleiben …
Wie an jedem anderen Wochentag auch, hatte Greg nach diesem denkwürdigen Frühstück seinen alten Daimler aus der Garage geholt und war ins Büro gefahren. Alles war gelaufen wie immer, doch an diesem Tag kam ihm die ganze Welt vor wie in Watte gepackt, und es fühlte sich an, als bewegte er sich ständig wie in Zeitlupe.

In seinem Büro war Greg an diesem Tag dann von Rolf Detmer erwartet worden, dem obersten Chef der Agentur. Klein, feist, mit kurzen grauen Haaren auf dem runden Schädel, hatte Detmer vor Gregs Schreibtisch gestanden und mit einem Schriftstück in der Rechten vor Greg in der Luft herumgewedelt.
„Bring das auf die Reihe, Greg!“, hatte Detmer mit rotem Gesicht geblafft. „Aber bitte bald – also nicht wie sonst immer. Ich hasse Beschwerden von Stammkunden über deine Mitarbeiter!“
Ohne ein weiteres Wort hatte Detmer das Schriftstück auf Gregs Schreibtisch geknallt und war dann auf sei-

nen dicken, kurzen Beinen aus dem Büro gestampft. Greg hatte sich in seinen Bürostuhl fallen lassen, die Ellbogen auf den Schreibtisch gestützt und sein Gesicht in die Hände gelegt. Detmer … „Brich dir doch den fetten Hals, du Gnom!“ Ein stechender Schmerz war augenblicklich durch seinen Schädel gejagt; er hatte das Gesicht gehoben und den Kopf in den Nacken gelegt. Sollte das die Strafe für seinen nicht gerade frommen Wunsch gewesen sein? Was war das nur für ein Tag?
Am späten Vormittag gab es draußen auf dem Flur auf einmal Lärm. Stimmen riefen laut durcheinander, Greg sah vom Bildschirm hoch und zur Bürotür. Und da war die Tür auch schon von draußen aufgerissen worden und laut gegen die Wand geknallt. Im Türrahmen war die schwarzhaarige Sonja gestanden, eine der Mitarbeiterinnen von Detmer.
„Greg … komm … der Chef …“
„Der kann mich mal.“
Sie hatte heftig den Kopf geschüttelt und ihre langen Haare waren ihr dabei ins Gesicht gefallen. „Komm einfach – verdammt nochmal!“

In Detmers geräumigem Büro waren rund ein halbes Dutzend Mitarbeiter am oberen Absatz der beiden Stufen versammelt, die das Büro der Länge nach in zwei Ebenen teilten. Detmer lag auf dem Parkettboden der unteren Ebene zwischen den Stufen und seinem Schreibtisch. Er lag auf dem Rücken. Sein starrer Blick aus den weit geöffneten Augen war zur Decke des Büros gerichtet, so

als ob er dort in seiner allerletzten Sekunde noch irgendetwas Furchtbares, etwas ganz und gar Grauenvolles gesehen hätte. Sein Hals war merkwürdig verrenkt, sodass sein Kopf fast die rechte Schulter berührte, so als ob …
„… Brich dir doch den fetten Hals …"
„Wir müssen endlich den Notarzt und die Polizei rufen", hatte einer der Kollegen gemurmelt. Greg hatte wortlos den Kopf geschüttelt und war dann aus Detmers Büro gegangen. Der hatte keinen Notarzt mehr gebraucht.

Das Smartphone auf dem Glastisch neben dem Korbsessel klingelte und brachte Greg wieder in die Gegenwart zurück. Er wandte sich vom Fenster ab, ging zum Tisch und nahm es hoch. „Miljutin."
„Gregori? Du, mit Oktoberfest heute Abend wird's wohl nichts. Ich war gestern mit der Verlagsleitung draußen. Danach noch ein paar Bars und Nachtclubs - bis heute früh um fünf. Du weißt ja, wie so was läuft. Ich bin krank, Alter, mein Schädel ist Matsch wie ein verfaulter Apfel."
Es war Willi Berger. Er und Greg kannten sich schon seit dreißig Jahren; sie hatten zusammen die Schulbank gedrückt und auch in den späteren Jahren noch so einiges zusammen erlebt. Seit fünf Jahren war Willi Berger Geschäftsführer eines großen, in München ansässigen Buchverlages.
„Ich hab's gewusst, Willi."
„Was?"
„Dass was faul ist an dir - dein Kopf …"
„Mann! Mir geht's echt beschissen. Das Besäufnis da

draußen dauert ja noch ein paar Tage. Wie wär‘s mit uns beiden am letzten Tag? Bier gibt’s bis zum Schluss.“
„Ich fahre aber übermorgen für ein paar Tage weg.“
„Deine Geistergeschichte da in den Bergen, Greg, hm? Ein bisschen Aberglaube und Mysterium ist ja ganz nett, aber du übertreibst.“
„Der eine mag alte Burgruinen, der andere mag Nachtclubs bis um fünf in der Früh: jeder spinnt, wie‘s ihm Spaß macht, Willi.“
„Lass den Nachtclub-Scheiß! Du opferst also wirklich Zeit und Geld für so eine Spukgeschichte? Wie lange bist du weg?“
„Erst einmal eine Woche, vielleicht auch ein bisschen länger. Ich melde mich, wenn ich wieder da bin.“
„Und ich ziehe mir die Decke wieder über die Ohren. Beim nächsten Oktoberfest bist du eingeladen, Alter, ehrlich. Viel Spaß mit deinen Gespenstern.“

Gespenster ... eine Woche war es her, seit Greg sich mit Willi bei „Manolis“ getroffen hatte. Manolis‘ griechische Taverne war seit Langem ihrer beider Stammkneipe. Ein winziger Gastraum, die Wände und die Decke mit Fischernetzen behangen – und ein Duft aus der Küche, der ahnen ließ, warum Manolis als Geheimtipp galt.
Willi hatte einen Salat gegessen, während Greg in einer von Manolis‘ alten Zeitschriften geblättert hatte.
„Rätsel der Vergangenheit“ lautete der Titel einer Serie darin. Das versprach interessant zu werden ... die

Vergangenheit ... das Mittelalter mit seinen Burgen, Rittern, Hexen und mit den Legenden, die daraus gesponnen worden waren - das alles hatte Greg schon immer fasziniert.
Einmal im Hof einer alten Burg, glaubte er die Hufe der Pferde auf dem harten Pflaster, die klirrenden Waffen, die grölenden Männer in ihren Kettenhemden und die kreischenden Mägde hören zu können. Er konnte das Stroh in den dunklen Ställen fast riechen, wie auch den Schweiß der Pferde und die von Kerzen und Fackeln rauchgeschwängerte Luft in den Wohnräumen der Burg.
In dem Artikel der Zeitschrift ging es um die Geschichte der Schuwenburg, einer längst verfallenen Burgruine. Die Burg hatte einst uneinnehmbar auf einem schroffen Felskegel oberhalb des Dorfes Ohlstadt gestanden, keine hundert Kilometer südlich von München am Rand der Alpen. Greg hatte noch nie etwas von dieser Burg gehört oder gelesen.
Die Burg hatte schon einige Herren erlebt, als sie im Jahre 1414 von Truppen des Herzogs von Baiern unter dem Befehl eines Feldhauptmanns belagert worden war. Man hatte den Burgherrn und dessen Leute ausgehungert, danach die Burg in Brand gesteckt und sie völlig zerstört. Dem Burgherrn und seinen Leuten war zuvor die Flucht geglückt, doch keiner hatte je erfahren, wie ihnen das gelungen war.
Was mit dem Burgherrn, Ritter Gernot von Chamm, und seinen Leuten weiter geschehen war, berichtete der Artikel allerdings nicht.

Einer alten Legende nach habe auf Ritter Gernot ein schrecklicher Fluch gelastet: Seine Seele sollte dazu verdammt worden sein, nach seinem Tod für alle Zeiten im Fels seiner zerstörten Burg zu bleiben. Wer ihn verflucht hatte und warum, ließ die Legende freilich unbeantwortet.

Bei den Leuten aus dem Dorf Ohlstadt unterhalb des Burgfelsens fragte man nach diesen alten Geschichten besser nicht - man bekam keine Antworten, weil sie die Fragen danach seltsamerweise einfach ignorierten. Für sie schien es die Burg und die alten Geschichten darüber nicht zu geben …

Willi war mit seinem Salat fertig gewesen, und hatte nun Greg zugehört, als der ihm die Geschichte erzählt und am Schluss verkündet hatte, er wolle in dieses Dorf fahren.

„Du spinnst, Greg. Was willst du denn in dem Kaff finden? Gespenster in wallenden Leintüchern? Skelette, die nachts um zwölf aus ihren Gräbern hüpfen und „Huhu" machen?

Nichts wirst du finden - gar nichts, weil es da nichts gibt! Die Dörfler da haben schon recht, die kümmern sich erst gar nicht um den Unsinn."

Greg glaubte ja selber nicht an Gespenster. Nein, er wollte nur mehr über diesen geheimnisvollen Gernot von Chamm herausfinden, mehr über ihn erfahren, als der Artikel in der Zeitschrift hergegeben hatte. Obwohl es doch eigentlich nicht mehr als nur eine von so vielen alten Geschichten war …

Tags darauf hatte er über das Internet ein Zimmer im „Gasthof zur Birke“ in Ohlstadt gebucht.

Greg legte das Smartphone wieder auf den Tisch zurück. Warum konnte er denn nicht allein auf das Oktoberfest gehen? Er würde sich nur noch ein bisschen frisch machen. Er ging durch den schmalen Flur ins Badezimmer, machte Licht und schaute in den Spiegel über dem Waschbecken. Eine Rasur konnte nicht schaden, und seine langen schwarzen Haare passten hinten zusammengebunden einfach besser zu seinem hageren Gesicht mit den hohen Wangenknochen.

II.

Greg verließ die Hackerbrücke nahe des Hauptbahnhofs und ging dann hinüber zum Bavariaring und weiter zur Festwiese. Obwohl schon Ende September, war es selbst jetzt, am frühen Abend, noch angenehm mild. Der Feierabendverkehr quälte sich zäh auf der breiten Straße dahin. Von seiner Wohnung bis zur Festwiese waren es gerade einmal zwanzig Minuten zu Fuß, und Greg hatte keine Lust verspürt, mit seinem „neuen“ alten Geländewagen ein Teil von diesem Verkehrsgewühl zu werden.
Er ließ den Lärm des Feierabendverkehrs hinter sich und tauschte ihn gegen den Lärm der Festwiese ein. Ein grelles, in allen Farben schillerndes Lichtermeer umfing ihn: zuckende Neonröhren und gleißende Spotlights an den Autoscootern, an den Achterbahnen, an den Loopings und all den anderen Höllenfahrzeugen, in die Greg um nichts in der Welt eingestiegen wäre. In der Ferne, am Ende der breiten Gasse, ragte das Riesenrad in den Nachthimmel.

Mit seinen sternförmigen Lichterketten sah es fast aus wie ein aufrecht stehender Kronleuchter.
Nach einer Weile ließ er sich einfach mit der Menge treiben. Hier waren alle gleich, hier gab es kein arm oder reich, kein schwarz oder weiß. Nur Nüchterne oder Betrunkene. Der Zug der Riesenachterbahn rauschte über Gregs Kopf hinweg durch die Nacht, und einen Moment lang konnte er die Fahrgäste kreischen hören. Aus Vergnügen – oder aus Angst?
„... und wieder eine neue – wieder eine tolle Fahrt!", dröhnten die riesigen Soundboxen, „... kommen Sie! Sie werden begeistert sein!"
Nicht weit vom Riesenrad entfernt schob Greg sich durch die Menge bis zu einem Autoscooter am Rand der Gasse. Neben dem Kassenhäuschen standen nur wenige Leute, und so steuerte er auf den etwas erhöhten Platz zu. Von da aus würde er dem Treiben in der Gasse ein wenig zusehen können.
Endlich hatte er seinen Aussichtsplatz erreicht und lehnte sich mit der Schulter an die Wand des Kassenhäuschens. Nach einer Weile wandte er sich vom Treiben auf der Gasse ab und sah nach rechts hinter die Scooterbahn. Dort gab es wohl ein freies Fleckchen zwischen den Schaustellerfahrzeugen, aber der Platz war so gut wie unbeleuchtet, und so konnte Greg dort nicht viel erkennen. Doch langsam gewöhnten sich seine Augen an die Dunkelheit. Stand da ein Zelt? Den Umrissen nach ja, und es sah aus wie eines dieser kleinen, altmodischen Zirkuszelte, mit denen die Schausteller früher durch das Land

gezogen waren. Ein Zelt? Gerade hier, wo es außer den Bierzelten kein einziges Zelt zu geben schien?
Ob er sich dieses Ding einmal aus der Nähe ansehen sollte? Greg zwängte sich unter dem Geländer neben dem Kassenhäuschen hindurch, stieg von seinem Aussichtsplatz herunter und schaute wieder zu dem dunklen Zelt hinter dem Autoscooter.
Das musste er sehen – und so ging er los, erst langsam, dann mit jedem Schritt schneller in das Dunkel und auf das Zelt zu.
Im Gehen drehte er sich kurz um und schaute zurück zur Festwiesengasse, doch keinem der Wiesnbesucher schien der einsame Mann auf dem Weg in die Dunkelheit aufzufallen.
Er wandte sich wieder ab und blieb vor dem Zelt stehen. Was war das nur für ein Ding: an die zwei Meter hoch und pechschwarz. Da, wo Greg stehen geblieben war, verdeckte ein bis auf die Erde herabhängendes, loses Stück Leinen wohl den Eingang.
Zögernd griff Greg nach dem Leinen; es fühlte sich an wie altes, raues Sackleinen.
Sollte er …? Wenn da drinnen aber nun gerade jemand schlief?
Nein, es war zu spät, um noch umzukehren – er musste in dieses Zelt gehen. Er schlug das Leinen zurück, trat ein, ließ das Leinen hinter sich zufallen und blieb stehen. Abgestandene, modrige Luft schlug ihm entgegen. Der Raum war fast dunkel, nur am anderen Ende stand, wohl auf einem Tisch, eine Kerze und spendete spärliches Licht.

Hinter dem Tisch mit der Kerze saß jemand auf einem Stuhl - Mann? Oder Frau? Nein, nur eine Silhouette; es war einfach zu dunkel.
„Komm her und setz dich. Da ist noch ein Stuhl am Tisch."
Das war die Stimme einer alten Frau gewesen, leise und ein wenig ... ja, krächzend, aber doch eine feste Stimme – die wohl nicht damit rechnete, dass man ihr widersprach.
Er könnte sich jetzt dafür entschuldigen, dass er ungebeten hier hereingeplatzt war, könnte sich umdrehen und zusehen, dass er so schnell wie möglich von hier wegkam.
„Ich habe auf dich gewartet ... Gregori ..."
Greg spürte, wie es ihm eiskalt den Rücken hinunterlief. Eine fremde alte Frau hatte hier, hier in diesem dunklen Zelt aus längst vergangenen Zeiten auf ihn gewartet? Auf *ihn* ...? Und woher kannte sie seinen Namen?
Sich zu entschuldigen und zu flüchten, dazu war es jetzt zu spät – jetzt musste er wissen, was das hier zu bedeuten hatte.
„Gewartet? Auf mich? Kennen wir uns?"
Er hörte sie leise lachen – nein, eigentlich mehr krächzen, wie ein ... wie ein Vogel...? „Denk dir einfach, ich bin eine Wahrsagerin, und du bist zu mir gekommen, damit ich dir deine Zukunft weissage. Das ist doch nichts Seltsames auf solchen Festen, oder?"
Greg gab es auf, mehr von dieser Alten hinter ihrer flackernden Kerze erkennen zu wollen, es war einfach zu dunkel. „Viel Geschäft wirst du hier aber nicht machen. Ich habe dein Zelt nur zufällig entdeckt."
Wieder lachte sie leise.

„Zufällig? Nichts ist zufällig, Gregori, und außer dir wird keiner je zu mir kommen – du musst zu mir hersehen, wenn wir miteinander reden! Warum setzt du dich nicht endlich?“
„Warum stehst du nicht auf?“
„Sehr gut …“ sie kicherte leise, blieb aber, wo sie war, genau wie er. „Ich habe dir etwas zu erzählen, Gregori, höre mir also gut zu.“
„Ja, denn als Erstes wirst du mir erzählen, woher du mich kennst. Wahrsagerin hin, Wahrsagerin her. Vorgestellt habe ich mich nicht.“
„Du heißt doch Gregori. Warum soll ich dich also anders nennen? Ich wäre eine schlechte Wahrsagerin, wenn ich nicht einmal deinen Namen wüsste, oder?“
Greg nickte nur.
Jetzt beugte sie sich in der Dunkelheit vor – aber nicht so weit, dass ihr Gesicht im Kerzenlicht zu sehen gewesen wäre. „Willst du sterben, Gregori?“
Greg wischte sich mit der rechten Hand hastig über die Stirn. Hatte die Alte mit ihren Worten nach ihm geworfen? Jedenfalls fühlte es sich an, als wäre er, während sie gesprochen hatte, von irgendetwas ein paarmal an der Stirn getroffen worden. Ob er sterben wollte…? War die denn verrückt? Jetzt aber nichts wie weg!
„Willst du sterben?“, fragte sie wieder. „Dann fahr in die Berge zu deiner alten Burg und forsche da nach deinem Burgherrn. Du wirst nicht weit kommen – denn vorher wirst du tot sein.“
Wieder lief es Greg eiskalt den Rücken hinunter. Woher wusste die Alte…?

„Lass die Vergangenheit ruhen!“, fuhr sie ihn an. „Deine Kraft, die in dir schlummert, wird dir dort nicht helfen können – du weißt nicht, welche Kraft ich meine?“

„Nein …“

„Der Name des Mannes mit dem gebrochenen Genick: Detmer?“

Greg nickte wortlos. Was hatte die Alte mit Detmer zu schaffen, woher kannte sie ihn? Detmers Tod war ein Unfall gewesen; laut Polizei war er in seinem Büro wohl unglücklich gestürzt und hatte sich dabei das Genick gebrochen. Ein Fremdverschulden konnte als sicher ausgeschlossen werden.

Die Alte lachte laut auf. „Ach, Fremdverschulden heißt das jetzt! Dann bleiben wir doch kurz bei diesem Wort, Gregori: du bist das Fremdverschulden gewesen – du ganz allein!“

Aber – er hatte doch nur *gedacht!*

Die Silhouette hinter der Kerze bewegte sich, so als hätte die Alte sich auf ihrem Stuhl zurückgelehnt.

„Es gibt ein paar Dinge, die du wissen musst, Gregori. Mir kannst du damit nicht schaden. Dein Vater und deine Mutter in deinem jetzigen Leben kamen, als sie jung waren, aus Russland hierher in dieses Land.“

Was sollte das bedeuten: in seinem jetzigen Leben?

Dieses Mal ging sie aber nicht auf seine Gedanken ein. „Auch der Vater und die Mutter deines Vaters und der Vater und die Mutter deiner Mutter lebten dort, und alle anderen vorher auch, seit Tausenden von Jahren. Sie teilten sich das Land mit den wilden Tieren, sie mussten

gegen diese Tiere und gegen die Gewalten der Natur kämpfen.
Dem Volk, von dem du in diesem Leben abstammst, war es über lange, lange Zeit hinweg gelungen, innere Kräfte zu gebären, die sie irgendwann zu Herrschern über ihr Land werden ließen."
Die Alte beugte sich wieder vor – doch wieder nicht soweit, als dass Greg ihr Gesicht hätte sehen können.
„Einige von ihnen konnten Feinde mit der Kraft eines Gedankens sogar töten, und sie waren imstande, den wilden Tieren und auch den Naturgewalten Einhalt zu gebieten.
Dein altes Volk ist schon lange fort, Gregori, und die, die über die Jahrtausende hinweg jenes Erbe weitergaben, wurden immer weniger. Du bist einer von ihnen, Gregori, vielleicht sogar der letzte..."
Greg schüttelte stumm den Kopf. Mit der Kraft eines Gedankens töten – Detmer?
„Für die Menschen in dieser Zeit gibt es nur die Dinge, die sie sehen, hören oder riechen können", fuhr die Alte fort. „Wenn sie von deiner Kraft erfahren, Gregori, bist du in Gefahr, denn dies passt nicht in ihre Zeit."
Mit der rechten Hand griff Greg hinter sich und bekam das Leinen zu fassen, das den Eingang verdeckte. Er wollte sich das alles nicht mehr länger anhören.
„Glaube, was ich dir erzählt habe – oder glaube es nicht!", fuhr ihn die Alte an. „Mach, was du für richtig hältst – von mir wirst du nichts mehr erfahren. Geh jetzt!"
„Sehen wir uns wieder?"

Sie lachte laut auf. „Wünsche es dir lieber nicht – und jetzt verschwinde endlich."
Greg ließ das Leinen los, drehte sich wortlos um, schlug es dann mit der Hand zurück und trat ins Freie. Ein paar Schritt weit weg vor dem Zelt blieb er stehen und holte tief Atem.
Woher nur hatte die Alto das alles gewusst? Ja, seine Eltern waren einst als Dissidenten aus der ehemaligen Sowjetunion ausgereist – unter der Auflage, nie mehr sowjetischen Boden zu betreten.
Die beiden waren in München sesshaft geworden; Greg war hier geboren, er war hier zur Schule gegangen, er hatte sein ganzes Leben hier verbracht. Von Russland wusste er nur, was seine Eltern ihm hin und wieder erzählt hatten und was in den Medien über das Land berichtet wurde.
Seine Mutter hatte immer behauptet, einer ihrer Vorfahren sei Rasputin gewesen, der unheimliche Mönch am Hofe des Zaren Nikolaus II.
Wohin jetzt? Einfach nur noch nach Hause – die Lust auf den Rummel hier war ihm gründlich vergangen. Und vielleicht tags darauf mit jemandem über das reden, was er gerade erlebt hatte – aber mit wem? Nein, das kam nicht in Frage; jeder seiner Bekannten würde ihn für verrückt halten und ihm am Ende nur raten, zu einem guten Psychologen zu gehen.

Greg stand ganz allein irgendwo in den Weiten einer russischen Steppe, umzingelt von hungrigen Bären und von

einem Rudel Wölfe. Von fern hörte er jemanden rufen: „Töte sie! Gebrauche deine Kraft!"
Sollte er? Ja! „Fort mit euch - lasst mich in Ruhe!" Sofort jagte ein stechender Schmerz durch seinen Schädel, und er machte die Augen zu. Die Tiere, die ihn umzingelt hatten, schrien auf einmal alle gleichzeitig los, und er riss erschrocken die Augen wieder auf – keine wilden Tiere mehr, sie waren alle wie vom Erdboden verschluckt.
Im nächsten Moment stand Greg vor den ersten Häusern eines Dorfes am Fuße hoher Berge. Aber kaum hatte er ein paar Schritte gemacht, tauchte vor ihm wie aus dem Nichts eine schemenhafte, gesichtslose schwarze Gestalt auf und stellte sich ihm in den Weg.
„Ich habe dich gewarnt!", kreischte die Gestalt und streckte drohend den rechten Zeigefinger nach ihm aus. „Aber du wolltest ja nicht hören – jetzt stirbst du!"
Und dann fühlte Greg, wie er starb …
Mit einem Schrei fuhr er hoch – und saß kerzengerade in seinem Bett. Er blinzelte ein paarmal und schaute dann zur Seite auf den Radiowecker auf dem Nachttisch. Gleich acht Uhr, die Nacht war um.
Das Zelt der Alten auf der Festwiese. Ob er noch einmal hinausgehen und es sich ansehen sollte? Nur um sicher zu sein, dass es tatsächlich da stand.
Ja, er musste es noch einmal sehen – gleich nach dem Frühstück würde er auf die Festwiese gehen.

Der Morgen war noch kühl, und es wehte eine frische Brise.

Die Buden, die Fahrgeschäfte und die Bierzelte hatten schon geöffnet, und mit Greg kamen nach und nach auch die ersten Besucher. Er bog in die Gasse ein, die zum Riesenrad und zu dem Autoscooter führte, hinter dem das Zelt gestanden hatte.

Nach einer Weile blieb er neben dem Autoscooter stehen und starrte dorthin, wo das Zelt sein musste. Nur – da war kein Zelt. Nur der freie Platz zwischen dem Autoscooter und einem großen Lkw-Anhänger.

Greg sah sich um – kein Zweifel, er war in der richtigen Gasse und er stand neben dem richtigen Autoscooter. Er konnte sich nicht mehr erinnern, ob neben dem Zelt der Alten ein Lkw-Anhänger gestanden war. Nein, gestern hatte er da nur ein paar unbeleuchtete Schaustellerfahrzeuge gesehen.

Er holte tief Atem und ging über den freien Platz zu der Stelle, wo das Zelt …

„Suchen Sie was?"

Greg blieb stehen und drehte sich um. Am Kassenhäuschen des Autoscooters stand jetzt ein Mann mit Stirnglatze und schwarzem Vollbart und sah fragend zu ihm her. „Mir gehört der Scooter da", erklärte der Mann und deutete mit dem rechten Daumen über die Schulter.

„Ich hab Sie hier reinschleichen sehen. Toiletten sind auf der anderen Seite."

Greg schüttelte den Kopf. „Hier hat gestern ein Zelt gestanden." Er wies mit der Rechten auf den leeren Platz neben sich. „So ein kleines, schwarzes Zelt…?"

Der Scooter-Besitzer verzog die Mundwinkel. „Ein kleines,

schwarzes Zelt, hm? Das da ist kein Camping-Platz, guter Mann. Die einzigen Zelte hier sind die Bierzelte. Zelte hat's nicht gegeben, seit ich mit meinem Scooter hier bin."
„Tut mir leid, wenn ich gestört habe."
Der Mann winkte ab. „Geschenkt." Er drehte sich um und verschwand im Kassenhäuschen.
Greg holte tief Atem. Zum Teufel mit dem ganzen Spuk! Morgen würde er in die Berge fahren - und er freute sich darauf. Endlich einmal raus aus der Stadt, raus aus dem täglichen Einerlei, sonst würde er hier noch verrückt werden - wenn er es nicht schon war.

Am nächsten Morgen packte er die Reisetasche: Kleidung für eine Woche, Wasch- und Rasierzeug sowie ein paar feste Wanderschuhe.
Beim Frühstück hatte Greg einen Blick auf die Landkarte geworfen. Bis Ohlstadt würde er auf der Autobahn, die nahe am Dorf vorbeiführte, etwa eine knappe Stunde brauchen.
Er stand auf, räumte das Geschirr weg, nahm die Reisetasche, schloss das Appartement ab und fuhr mit dem Lift in die Tiefgarage. Dort ging er zu seinem Geländewagen, warf die Reisetasche auf den Rücksitz und fuhr hinaus.
Das Wetter war genauso wie schon die Tage zuvor: Herbstkühle am Morgen; tagsüber würde es dann wohl wieder sonnig und angenehm warm werden.
Zehn Minuten später fuhr er vom Mittleren Ring auf die Autobahn München - Garmisch-Partenkirchen.

„Ohlstadt 6 km“.
Greg hatte die Autobahn bei Großweil verlassen und fuhr jetzt auf der Landstraße weiter. Immer wieder sah er kurz nach links aus dem Fenster und zum Berg „Heimgarten“ hinauf, wo oben das Gipfelkreuz hell in der Sonne blinkte. Von da oben musste man einen schönen…
Der große schwarze Schatten tauchte wie aus dem Nichts vor der Windschutzscheibe auf und nahm Greg die Sicht. Er riss das Lenkrad nach rechts, um dem Schatten auszuweichen. Doch der Schatten war schon wieder verschwunden, und der Geländewagen krachte in die rechte Leitplanke.

III.

Der letzte Tag im Oktober des Jahres 1413 war als Vorbote des nahenden Winters gekommen. Der andauernde Regen brachte die ersten Schneeflocken mit, und ein eiskalter Wind heulte und tobte um den hohen, schlanken Palas der kleinen Burg hoch droben auf dem steilen Fels.
In dem spärlich ausgestatteten Rittersaal unter der vom Rauch der Fackeln und Kerzen geschwärzten Holzdecke war es bitterkalt. Die Fackeln in ihren rostigen Eisenringen an den dicken Mauern würde man heute zeitig anzünden müssen, wollte man an der langen Tischreihe in der Mitte des Saales nicht schon am frühen Abend im Finstern sitzen.
Eine der beiden langen Wände des Saales wurde von drei hohen, schmalen Fenstern unterbrochen. Von diesen Fenstern aus konnte man bei schönem Wetter über die dichten Wälder des Vorgebirges hinweg bis ins Tal zu dem kleinen Dorf blicken, das mit seinen fünfzehn einfachen Gehöften zur Burg gehörte.

Am mittleren Fenster stand ein Mann und starrte durch das trübe, von der Feuchtigkeit beschlagene Fensterglas nach draußen.
Er war ein Riese von einem Mann, beinahe zwei Meter groß. Dichte, pechschwarze Haare fielen ihm über die breiten mächtigen Schultern bis auf den Rücken. Der Oberkörper des Mannes steckte in einem schlichten braunen Rock aus Hirschleder, der ihm bis zur Mitte der Schenkel reichte. Ein eng anliegendes grünes Beinkleid verschwand an den Knöcheln in spitz zulaufenden, aufwärts zeigenden Schnabelschuhen.
Von Zeit zu Zeit wischte der Hüne ganz langsam mit dem rechten Handrücken über das Fensterglas, das aber gleich darauf wieder beschlug.
Doch der Hüne wollte sich keinen besseren Blick verschaffen – er kannte ihn, denn die Burg war sein Zuhause.
Nein, er stand hier, weil er eine Zeitlang ungestört grübeln wollte.
Große Dinge geschahen da draußen in der Welt. Dinge, von denen man nie erfahren würde, verließe man dieses Felsennest am Ende der Welt nicht ab und zu, oder bekäme von durchfahrenden Rittern und Kaufleuten Bericht erstattet.
Bis vor ein paar Tagen noch war ein Kaufmann aus Augsburg zu Gast auf der Burg gewesen. Er hatte eine Rast einlegen wollen, ehe er sich samt Wagen und Gehilfen auf die mühsame und gefährliche Reise über die Alpen nach Venedig begab.
In Konstanz am See würde es nächstes Jahr ein Konzil geben, hatte der Kaufmann berichtet, um die unselige Spaltung der Kirche zu beenden, die nun schon das fünfunddreißigste

Jahr andauerte. Alle drei Päpste sollten geladen werden: der Neapolitaner Johannes, der römische Gregor und der avignonesische Benedikt.

König Sigismund selbst gar wolle auch nach Konstanz fahren, hieß es, um vieles von dem, was seit den Zeiten des großen Kaisers Friedrich aus dem Lot geraten war, wieder zu richten.

Ein Grinsen zog über das ebenmäßige Gesicht des Hünen. Nichts würde Sigismund richten! Der große Friedrich hätte es richten können, aber den gab es nicht mehr. Wer war schon Sigismund? Von den Kurfürsten 1410 zum König gewählt, war er ein König neben noch zwei anderen Königen gewesen: Jobst von Mähren und Wenzel von Böhmen. Und eben diese Kurfürsten, die Sigismund gewählt hatten, waren nicht einmal Manns genug gewesen, die Absetzung Wenzels wegen Vernachlässigung des Reiches und allgemeiner Unfähigkeit durchzusetzen…

Jemand pochte an die schwere Holztür am Ende der langen Tischreihe. Der Hüne wandte sich vom Fenster ab.

„Wer da?"

„Ruprecht."

„Herein mit dir."

Der Türriegel klapperte. Die Tür schwang auf, Ruprecht trat ein, schloss die Tür hinter sich und blieb dann neben einem mit Schnitzereien verzierten Faltstuhl an der Stirnseite der Tische stehen.

Der Verwalter Ruprecht war fast sechzig Jahre alt, von gedrungener Statur, mit eisgrauen Haaren und einem ebenso grauen Vollbart. Der Hüne kannte Ruprecht schon sein ganzes Leben lang. Er war ihm als Kind Vater und Mutter zugleich gewesen, und er hatte ihm in all den Jahren vieles von dem beigebracht, was er jetzt konnte und wusste.

„Unten in der Küche wartet ein Gesandter des Herzogs Ernst auf Euch, Gernot“, meldete Ruprecht. „Er sei Feldhauptmann, heiße Bart und habe eine wichtige Botschaft seines Herrn dabei. Er war nass bis auf die Haut und hungrig von der Reise, und ich habe ihm ein Mahl bereiten lassen. Wollt Ihr ihn empfangen?“

Gernot nickte. „Schickt der Herzog jetzt seine Knechte zu mir? Bring ihn her.“

Ruprecht deutete eine Verbeugung an und verließ den Saal. Gernot musste nicht lange auf seinen Gast warten, denn sehr bald schon kam Ruprecht in den Saal zurück und trat von der Tür weg zur Seite.

Der Mann, der nun mit langen Schritten in den Rittersaal kam und dann neben dem Faltstuhl stehen blieb, war fast genau so groß wie Gernot, schien aber noch kräftiger von Statur zu sein als jener. Eine schmale Hakennase und eng zusammenstehende Augen in einem bartlosen Gesicht gaben ihm etwas von einem Raubvogel. Lange braune Haare hingen ihm nass über die Schultern und fielen auf das schwere Kettenhemd, das er über einem Gewand aus grobem Leinen trug.

Der Schwertgurt des Mannes war leer, ein Zeichen dafür, dass er als Bote, als Unterhändler auf die Burg gekommen war.

Der Mann verneigte sich knapp. „Feldhauptmann Bart, Gesandter des Herzogs Ernst von Baiern, mit einer Botschaft für Euch, Ritter Gernot von Chamm.“

Gernot sah kurz zu Ruprecht. Der nickte ihm wortlos zu und wandte sich zum Gehen.

„Setzt Euch", sagte Gernot, als Ruprecht die Tür hinter sich geschlossen hatte, und wies mit der Rechten auf eine der Holzbänke an der Tischreihe. Er selber blieb breitbeinig zwischen der Wand und der Tischreihe stehen, verschränkte die Arme vor der Brust und schaute mit zusammengezogenen Augenbrauen auf seinen Gast.

„Ich muss wohl nicht raten, was für Botschaft Ihr habt ..."

Der Feldhauptmann nickte ihm zu und ließ sich auf der Holzbank nieder. „Ich mache es kurz, Herr Ritter Gernot: Mein Herr, der Herzog, ist es leid, noch länger auf die fünftausend Gulden zu warten, die schon Euer Vater, Ritter Arnold, ihm schuldete. Mir wurde aufgetragen, die Summe hier und jetzt entgegenzunehmen. Falls Ihr Euch wieder weigert, zu zahlen, habt Ihr die Folgen selber zu tragen."

Gernot schob das Kinn vor, und seine Augen funkelten. „Was ist los mit Eurem Herrn, dem Herzog? Plagt ihn das Alter? Er weiß doch, dass ich nicht daran denke, auch nur einen Gulden zu zahlen! Zudem habe ich nicht einmal einen Teil der Summe. Kann ich etwas dafür, dass mein Vater Klöster beschenkte, Kirchen stiftete und rauschende Feste feierte, wenn ihm der Sinn danach stand? Es sind nicht meine Schulden!"

„So arm könnt Ihr ja nicht sein", wandte Feldhauptmann Bart ein. „Euer Dorf da unten sieht recht wohlhabend aus."

Gernot schüttelte den Kopf. „Seht Euch das Dorf genauer an, wenn Ihr heimreitet. Wenn ich den armen Teufeln noch mehr als den üblichen Zins und Zehnten nehme, ver-

hungern sie mir – und ich mit ihnen, denn dann bleibt für keinen mehr etwas. Wenn der Herzog seine Gulden haben will, soll er sie sich bei den Klöstern holen, die mein Vater einst beschenkte. Das könnt Ihr ihm ausrichten."

Feldhauptmann Bart nickte und legte die Stirn in Falten. „Für den Fall muss ich Euch sagen, dass dies die letzte Warnung war, Eure Schuld zu begleichen."

„Letzte Warnung vor was?", brauste Gernot auf. „Wollt Ihr mir drohen? Tragt Ihr mir die Fehde an? Nur zu – seine Gulden kriegt Euer Herzog damit ganz bestimmt nicht!"

Feldhauptmann Bart stand auf. „Kennt Ihr diese neuen Donnerrohre, die auch die stärkste Mauer zu Staub zermalmen, Ritter Gernot? Der Herzog hat jetzt zwei davon…"

„Donnerrohre … Mauern!" Gernot winkte ab. „Habt Ihr meine Burg gesehen, als Ihr heraufgeritten seid? Mauern – der ganze Felsen ist meine Mauer. Senkrecht wie eine Wand, und so hoch wie zwanzig oder gar dreißig ausgewachsene Männer aufeinander." Mit einer Kopfbewegung wies Gernot zu den Fenstern zu seiner Linken. „Seht Euch das Gelände unterhalb des Felsens noch einmal an – dichter Wald bis zum Dorf hinunter. Der einzige Zugang ist der steile schmale Hohlweg, den Ihr gekommen seid. Und ich soll Angst vor Euren Donnerrohren haben? Ihr würdet damit nicht einmal über das Dorf hinauskommen."

„Euer letztes Wort, Herr Ritter?"

„Wünscht Euch lieber nicht mein letztes Wort."

Feldhauptmann Bart nickte ihm zu. „So sei es. Darf ich Euch trotz allem um Quartier für die Nacht…"

„Dürft Ihr nicht!" Gernot machte zwei Schritte auf Feldhaupt-

mann Bart zu. „Ihr geht - noch in dieser Stunde, oder ich werfe Euch eigenhändig ins finstere Loch!"

Feldhauptmann Bart machte abermals eine knappe Verbeugung, drehte sich um und verließ den Rittersaal ohne ein weiteres Wort.

Gernot ließ sich auf den Faltstuhl sinken, legte den Kopf in den Nacken und starrte zur Decke des Rittersaals.

Ritter Arnold - sein Vater. Der hatte vor langer Zeit die Schuldbriefe unterzeichnet, wegen derer Feldhauptmann Bart gekommen war.

Als Arnold von Chamm 1397 die Augen für immer geschlossen hatte, hatte Gernot vor einem riesigen Berg Schulden gestanden; er war der Erbe einer verwahrlosten und vernachlässigten Burg. Zusammen mit Ruprecht und einigen wenigen Getreuen, die schon seinem Vater gedient hatten, hatte Gernot aus der Burg nach und nach wieder das gemacht, was sie einmal gewesen war, bevor sein Vater alles heruntergewirtschaftet hatte.

Der Herzog von Baiern wollte seine Gulden wiederhaben - doch von Gernot würde er sie nie bekommen. Der dachte gar nicht daran, für die Leichtfertigkeit seines Vaters einzustehen.

Zudem: Alles, was Gernot sein Eigen nennen konnte, war sein altes Recht auf Zins und Zehnten von dem, was seine Bauern unten im Dorf erwirtschafteten - und das reichte geradeso. Den Bauern blieb nicht viel. Denn die steinigen Böden gaben nur wenig her, und es hatte mehr als nur einen Winter gegeben, in dem Mensch und Tier im Dorf hatten hungern müssen.

Gernot stand auf und ging wieder zurück zu dem Fenster, an dem er vor dem Besuch von Feldhauptmann Bart gestanden war.
Der hatte gerade eben die Burg durch das Gewölbe und das kleine Tor unterhalb vom Rittersaal verlassen. Gernot sah, wie er die schmalen, in den Fels gehauenen regennassen Stufen hinabstieg. Ausgleiten und stürzen durfte er dabei nicht – der Abgrund gleich daneben hätte den sicheren Tod bedeutet. Auf halbem Weg zum Felsengrund gab es einen Felsvorsprung mit einem kleinen Unterstand für Pferde, wo jetzt sicher auch das Pferd des Feldhauptmanns Bart auf seinen Herrn wartete.
Vielleicht sah Feldhauptmann Bart auf seinem Rückweg ja, dass die Burg uneinnehmbar war. Und selbst wenn er sie einnehmen würde: Es gab immer noch die alten, weitläufigen Stollen und geheimen Ausgänge, die frühere Burgherrn vor langer Zeit angelegt hatten.
Zum Teufel mit Feldhauptmann Bart – sollte er doch sehen, wie und wo er die Nacht verbrachte!
Gernot verließ den Rittersaal und ging über die breite Steintreppe dahinter ins Erdgeschoss der Burg. Unter dieser Treppe gab es eine massive Bohlentür im Mauerwerk, die den Zugang zu den geheimen Stollen im Burgfelsen verschloss.
Rechts vom unteren Treppenabsatz kam man durch eine Rundbogentür in den kleinen Burghof, links vom Treppenabsatz führte ein schmaler Gang in die Burgküche.
Gernot blieb auf der letzten Stufe stehen. Wo steckte Ruprecht?

Der kam soeben in aller Ruhe aus der Küche und kaute auf irgendetwas.
„Hat der Hauptmann noch etwas zu dir gesagt?", fragte Gernot.
Ruprecht schluckte hinunter und schüttelte den Kopf. „Er nahm sein Schwert und zog die nassen Reisekleider über. Ich habe ihn zum Tor gebracht, und von da hat er sich ohne Gruß auf den Weg gemacht." Ruprecht sah Gernot in die Augen und verzog die Mundwinkel. „So, wie der dreingeschaut hat, kann ich mir denken, was Ihr zu ihm gesagt habt…"
„Er hat geprahlt, der Herzog hätte jetzt zwei von diesen neuen Donnerrohren. Wer weiß, ob der Hauptmann nicht wiederkommt - mit den Donnerrohren und mit genug Leuten, die sie zu gebrauchen wissen."
Über Ruprechts Gesicht zog ein Grinsen. „Auch wenn sie mit ihren Rohren an den Felsen kommen sollten - es hilft ihnen nichts. Die Kugeln würden nicht einmal bis auf halbe Höhe herauffliegen, weil sie fast senkrecht in die Luft schießen müssten. Nein, Gernot, wir können uns vor den Pfeilen ihrer Armbruste in Acht nehmen und dabei ruhig zusehen, wie sie da unten ihr Pulver verschießen. Die Burg ist uneinnehmbar."
„Das habe ich dem Hauptmann auch gesagt - trotzdem werden wir auf der Hut sein. Wo ist Gundrun, die alte Hexe?"
„Die alte Hexe ist hier. Hast du Sehnsucht nach mir, Gernot?"
Gernot fuhr herum und starrte nach oben zum Rittersaal, von wo er gerade gekommen war. Gundrun stand am oberen Treppenabsatz, hinter sich die Tür zum Rittersaal, und

lächelte Gernot spöttisch an. Klein und zierlich war sie, mit langen schlohweißen Haaren über einem von Falten durchfurchtem Gesicht.
Gernot starrte zu ihr hinauf, als würde er sie zum ersten Mal sehen. Wo war sie gewesen? Da oben war nur der Rittersaal und rechts davon die Treppe weiter hinauf in den Ausguck. Sonst gab es nichts da oben.
Gundrun schritt die Stufen der Treppe herab, und ihr knöchellanges schwarzes Leinengewand und der halblange schwarze Wollumhang darüber wogten bei jedem ihrer Schritte.
Auf der letzten Stufe blieb sie direkt vor Gernot stehen und sah ihn mit ihren pechschwarzen, funkelnden Augen lange an.
„Dein Vater hätte es nie gewagt, so über mich zu reden, Gernot." Doch in ihrer Stimme hatte kein Vorwurf gelegen.
„Mein Vater hat so manches nicht gewagt!", erwiderte Gernot hitzig. „Hätte er es nur ein Mal gewagt, Nein zu sagen, wenn die hohen Herren unserer Heiligen Kirche betteln kamen."
„Er war ein guter Mensch. Du hast gar nichts von ihm, Gernot. In dir steckt nur Wut."
Gernot neigte den Kopf, sodass sein Gesicht ganz dicht vor dem Gesicht von Gundrun war. „Du musst ja für ihn sprechen, denn er hat dir einst das Gnadenbrot gereicht. I c h war es nicht."
Gundrun rührte sich nicht von der Stelle. „Unreifer Knabe, der du bist! Mir gibt man kein Gnadenbrot. Ich verachte dich, Gernot von Chamm, aber ich bedauere dich auch."

„Dann wissen wir beide ja wieder einmal, wie wir zueinander stehen.“ Doch Gernot wollte nicht weiter mit ihr streiten, denn er brauchte sie jetzt, weil er das brauchte, von dem er dachte, dass sie es konnte.
„Hast du den Hauptmann gesehen?“, fragte er.
„Nein…“, sagte sie schnell.
Er wusste sofort, dass sie gelogen hatte. „Weißt du, was er oder sein Herr vorhat?“
Gernot glaubte zu spüren, wie der Blick aus ihren schwarzen Augen ihn durchbohren wollte.
Nach einer Weile nickte sie. „Jetzt weiß ich es.“

IV.

„Ein großer schwarzer Vogel also …“
Der junge Verkehrspolizist wollte Gregs Geschichte über den Unfallhergang wohl nicht so recht glauben. Aber es musste ein Vogel gewesen sein, der in letzter Sekunde, ehe er gegen die Windschutzscheibe geknallt wäre, gerade noch abgedreht hatte.
Greg war nicht verletzt, nur der vordere rechte Kotflügel samt Scheinwerfer seines Geländewagens war wohl nur noch gut für den Schrottplatz. Er hatte ein Warndreieck aufgestellt und dann über sein Smartphone die Polizei gerufen. Die Leitplanke schien nicht beschädigt zu sein, aber sicher war sicher.
„Was sonst?“, fragte Greg gereizt. „Ich weiß ja nicht, was hier in der Gegend noch so alles herumfliegt.“
Der Polizist zuckte mit den Schultern. „Es sind Ihre Angaben zum Unfall. Ich war ja nicht dabei.“
„Wenn wir hier fertig sind, will ich für ein paar Tage

nach Ohlstadt“, erklärte Greg. „Gibt‘s da eine Werkstatt?“
„Direkt an der Hauptstraße, können Sie gar nicht verfehlen.“ Der Polizist zeigte auf den Geländewagen. „Ob das Ding noch fährt?“
Greg öffnete die Fahrertür und drehte am Lenkrad. Es ließ sich ohne weiteres einschlagen, nichts klemmte oder blockierte. Er wandte sich zu dem Polizisten um. „Bis Ohlstadt komme ich.“

Greg fuhr vom Murnauer Moos her am Ortsschild von Ohlstadt vorbei und nahm den Fuß vom Gas. Er schaute zu den Häusern am anderen Ende des Dorfes hinauf, die sich an die Nordflanke der Vorberge des Heimgartens schmiegten. Ein Stück weit hinter den letzten Häusern ragte ein hoher, fast kegelförmiger Fels aus dem dunklen Bergwald wie eine kleine Bergspitze. Ob das der Burgfelsen war?
Greg war noch nie in dieser Gegend gewesen, auch nicht als Kind mit seinen Eltern. Jedenfalls konnte er sich nicht daran erinnern. Und doch - wenn das wirklich der Burgfelsen war, warum nur kam ihm der so vertraut vor, so als ob … Nein.
Greg bog von der Hauptstraße ab und fuhr weiter in die Dorfmitte. Links und rechts neben der schmalen Straße standen noch alte Bauernhäuser mit Holzgiebel und mit Blumenkästen an den Holzbalkonen. Die Stallungen einiger Bauernhäuser waren umgebaut, und sie beherbergten kleine Geschäfte, Büros und Werkstätten.

Greg fuhr an der Dorfkirche vorbei und weiter über einen großen Platz, an dessen anderem Ende ein renoviertes, dreistöckiges Gebäude im bayerischen Landhausstil stand. „Gasthof zur Birke" war in schmiedeeisernen Lettern über einer gläsernen Doppeltür zu lesen. Der rechte Flügel der Tür stand weit offen.

Er hielt vor der Tür, stieg aus, nahm seine Reisetasche vom Rücksitz und ging durch die offen stehende Tür in einen geräumigen Empfangsraum. Rechterhand führte eine breite Holztreppe in die oberen Stockwerke. An den weißen Wänden hingen zwischen den Fenstern Drucke von Gemälden Franz Marcs und Wassily Kandinskys.

Mitten im Raum war ein breiter schlichter Tresen aus hellem Naturholz, hinter dem sich eine junge Frau mit schulterlangen blonden Haaren über irgendwelche Unterlagen beugte.

Jetzt hatte sie wohl bemerkt, dass jemand gekommen war. Sie richtete sich auf, sah Greg an und lächelte. Sie sah dabei ein bisschen aus wie Marylin Monroe.

„Kann ich helfen? Ich bin Karin Busch."

„Freut mich. Greg Miljutin." Er trat näher, stellte die Reisetasche auf den Boden, bückte sich, kramte die Internet-Buchungsbestätigung hervor und legte sie vor Karin Busch auf den Tresen.

Die holte die Daten von Gregs Buchung auf ihren Bildschirm und nickte dann. „Sieben Übernachtungen, richtig?"

Greg zuckte mit den Schultern. „Für's Erste, ja. Vielleicht auch noch ein paar mehr, wenn es sich ergibt. Ich habe vor Kurzem etwas über eine alte Burgruine hier gelesen.

Ich will mich ein bisschen in den alten Mauern dort umsehen und mich vielleicht auch im Dorf umhören, was die Leute so alles wissen über die Burg."

Karin Busch schüttelte den Kopf. „Mehr Übernachtungen werden es dann ganz bestimmt nicht. Da oben auf dem Felsen gibt es nichts mehr, da steht kein Stein mehr auf dem anderen. Nur noch verfallene Stollen und Löcher, die inzwischen verschüttet sind. Eine Holzbank steht da zwischen ein paar Bäumen. Von da haben Sie eine wunderbare Aussicht, sonst nichts."

Burgruine, hatte in dem Artikel in Manolis Taverne gestanden...

„Ich habe die „Birke" erst vor einem halben Jahr übernommen", erklärte Karin Busch. „Seitdem lebe ich auch hier. Aber für das Dorf und diese Burg da oben habe ich noch nicht viel Zeit gehabt."

„Wen könnte ich denn fragen?"

„Wenn Sie etwas über das Dorf erfahren wollen: die alten Leute hier. Über die Burg besorgen Sie sich am besten Literatur."

Greg stützte sich mit der Linken auf den Tresen. „Die Burg gehört doch zum Dorf. Also könnte man über die Burg doch auch die alten Leute fragen."

„Die ... die wollen nichts darüber wissen – so komisch das auch klingt. Jeder wird Ihnen den Weg da hinauf zeigen, wird Ihnen etwas über die Aussicht von da oben erzählen, wird Ihnen erzählen, wie hoch der Felsen ist und was weiß ich noch alles." Sie zuckte mit den Schultern. „Aber fragen Sie mal einen nach der Geschichte der Burg oder nach dem letzten Burgherrn zum Beispiel, der da oben gehaust hat – und Sie stoßen auf taube Ohren. Versuchen Sie's ruhig."

„Da soll es eine Legende geben, nach der der letzte Burgherr seit Jahrhunderten im Fels herumspukt …"

Wieder zog ein Lächeln über das Gesicht von Karin Busch. „Die Geschichte kenne ich. Ich habe davon gelesen, bevor ich hergezogen bin. Ein Bekannter hatte mir damals ein paar Infos über Ohlstadt besorgt, und da war auch diese Geistergeschichte dabei."

„Geistergeschichte …", murmelte Greg. „Ob die damit zu tun hat, dass die Leute hier nichts von dem Burgherrn wissen wollen?"

Karin Busch sah Greg in die Augen. „Lieber Herr Miljutin, das ist eine Legende, ein … ein Märchen. Es kann mit nichts zu tun haben, auch nicht mit den Leuten hier."

„Greg."

„Wie…?"

„Greg. Ich heiße Greg. Geht leichter als Miljutin. Alte Leute, alte Männer, die etwas wissen, trifft man auf dem Land wohl am ehesten in der Dorfwirtschaft, oder? Gibt es so etwas hier?"

Karin Busch nickte. „Das Gasthaus „Zum Heimgarten". Von hier aus zwei- oder dreihundert Meter die Dorfstraße hinauf, und dann auf der rechten Seite. Da finden Sie sicher jemanden."

„Ich habe auf der Herfahrt einen kleinen Unfall gehabt. Ein Polizist hat gemeint, dass es hier eine Autowerkstatt gibt. Wo finde ich die?"

Sie gab ihm die Wegbeschreibung. „Aber Sie wollen doch vorher sicher auf Ihr Zimmer“, meinte sie dann und warf einen Blick auf ihren Bildschirm. „Zimmer fünf wäre das.“
„Duschen wäre nicht schlecht.“
Karin Busch drückte auf einen kleinen Knopf auf dem Tresen neben dem Bildschirm. Kurz darauf hörte Greg Schritte hinter sich.
„Bringst du Herrn Miljutin auf sein Zimmer, Anton? Die fünf.“
Greg drehte sich um und sah einen kräftigen, sicher schon über siebzigjährigen Mann mit Halbglatze und einem riesigen, an den Seiten kunstvoll hochgezwirbelten grauen Schnurrbart näher kommen.
„Miljutin“, brummte der alte Mann. „Aus der Gegend da sind Sie nicht, oder?“
„Wenn ich aus der Gegend wäre, würden Sie mich jetzt nicht auf Zimmer fünf bringen, Anton.“
„Is schon recht – i frag ja bloß.“ Anton trat neben Greg und bückte sich, um die Reisetasche zu nehmen.
Greg schüttelte den Kopf. „Die nehme ich schon. Ich kann meine Sachen selber tragen.“
Anton richtete sich wieder auf; er sah Greg an, und ein Lächeln huschte über sein faltiges Gesicht. „Dann kommen‘S mit. Ihr Zimmer ist im ersten Stock.“ Er drehte sich um und ging zur Treppe neben dem Eingang.
Greg nahm seine Reisetasche, bedachte Karin Busch mit einem Lächeln und folgte Anton zur Treppe.

„Wenn'S was brauchn, einfach bloß sagen." Anton nickte Greg zu, drehte sich um, verließ das Zimmer und schloss die Tür hinter sich.
Greg sah sich um: ein großes Bett mit einem Nachtkästchen, darauf eine Lampe und ein Telefon, ein Einbauschrank daneben und eine kleine Sitzgruppe in der Ecke neben dem Fenster zum Hof - hier ließ es sich ein paar Tage aushalten. Den Fernseher an der Wand gegenüber dem Bett würde er die Tage wohl nicht brauchen.
Er zog sich aus und ging in das Badezimmer neben der Zimmertür. Wenn er geduscht hatte, würde er sein Auto in die Werkstatt bringen. Und vielleicht später dann dem Gasthaus „Zum Heimgarten" noch einen kleinen Besuch abstatten?

V.

„In vier Tagen ist er wie neu“, meinte der Werkstattmeister, als er den Schaden an Gregs Geländewagen begutachtet hatte. „Der Kotflügel und der Scheinwerfer sind im Eimer – da braucht‘s Ersatzteile. In zwei Tagen hab ich die, dann noch mal zwei Tage für Montage und Lackierung. Passt das?“

Greg nickte. Er hatte ja eine Woche Zeit, und für das, was er hier vorhatte, brauchte er sicher kein Auto.

Er verließ die Werkstatt, ging zurück zur Dorfstraße, vorbei am „Gasthof zur Birke“, seiner Unterkunft, und weiter die Straße hinauf in den oberen Teil des Dorfes. Hier kamen ihm vereinzelt Bergwanderer entgegen, die wohl eine Tour auf den Heimgarten hinter sich hatten. An einem Gartenzaun neben der Straße standen ein paar ältere Frauen beieinander und tauschten sicher den neuesten Dorftratsch aus. Jetzt konnte er den Felsen wieder sehen, von dem er annahm, dass es der Burgfelsen gewesen war. Hoch und mächtig ragte er aus dem dunklen Bergwald oberhalb des Dorfes auf. Zu Fuß würde er sicher eine Stunde da hinauf brauchen.

Was war das? Greg spürte ein ganz leichtes Kribbeln im Nacken, ganz leicht nur – und doch jagte es ihm jäh einen kalten Schauer über den Rücken.

Er blieb stehen und drehte sich um. Die letzten Bergwanderer waren jetzt fast schon auf halbem Weg zum „Gasthof zur Birke". Sonst war da, wo er gerade hergekommen war, niemand auf der Straße ... oder doch. Eine kleine schwarze Gestalt stand mitten auf dem Platz vor dem Gasthof. Eine alte Frau wohl, mit schwarzem Kopftuch und in schwarzer Kleidung. Sah sie zu ihm her? Gut möglich, aber sie war zu weit weg. Sie konnte ebenso woandershin sehen.

Greg blickte wieder die Dorfstraße hinauf; da standen nur die tratschenden Frauen am Gartenzaun. Er drehte sich noch einmal um und sah zurück zu dem Platz vor dem Gasthof – auch der war jetzt leer. Die alte Frau war verschwunden, und Greg merkte, wie das seltsame Kribbeln im Nacken nachließ.

Diese Alte da eben ... und die Wahrsagerin auf dem Oktoberfest...?

So ein Schwachsinn – das da eben war eine alte Frau aus dem Dorf gewesen. Was sonst? Und das Kribbeln im Nacken konnte von einer Muskelverspannung herrühren, vielleicht noch von seinem Unfall auf der Herfahrt.

Es dämmerte bereits, als Greg vor dem Gasthaus „Zum Heimgarten" stehen blieb. Das Haus hatte sicher schon

bessere Tage gesehen. Links und rechts neben der alten braunen Haustür bröckelte an vielen Stellen der graue Putz.
Greg trat näher, machte die Haustür auf, ging hinein und ließ die Tür hinter sich scheppernd ins Schloss fallen.
Durch einen langen dämmrigen Flur kam er zu einer Tür zur Rechten, auf der mit weißer Farbe „Wirtsstube" geschrieben stand. Greg machte auf und ging hinein. An den Wänden der Wirtsstube reihten sich Holztische, davor und dahinter standen Sitzbänke und einfache Wirtshausstühle. In der Mitte der Wirtsstube stand ein großer Tisch, darauf ein schmiedeeisernes Gestell mit dem Wort „Stammtisch" auf einer kleinen schmiedeeisernen Tafel. Dort hockten ein paar junge Männer, alle mit Bart und in oberbayerischer Tracht.
Sie hatten Karten gespielt, als Greg hereingekommen war. Jetzt musterten sie den Neuankömmling mit fast misstrauischem Blick. Er schien ihnen aber nicht interessant genug zu sein, als dass sie sich noch länger von ihm bei ihrem Spiel hätten stören lassen.
Eine kleine Theke links neben der Tür war verwaist. An einem Tisch gegenüber der Theke an einem der Fenster saß ganz allein ein alter Mann mit grauem Stoppelbart. Den grünen Filzhut hatte er weit in den Nacken geschoben und starrte gedankenverloren in sein fast leeres Bierglas auf dem Tisch vor sich. Er und die jungen Männer am Stammtisch waren die einzigen Gäste.
Greg trat an den Tisch, an dem der alte Mann saß.
„Ist hier noch frei?"

Der alte Mann sah von seinem Bierglas auf und musterte Greg geradeso, wie es zuvor die jungen Männer getan hatten. Dann nickte er. „Hock dich nur her.“ Weshalb Greg sich ausgerechnet an seinen Tisch setzen wollte, wo doch alle anderen frei waren, schien ihn nicht im Geringsten zu stören oder zu wundern.

Greg zog einen der beiden Stühle gegenüber dem alten Mann unter dem Tisch hervor und setzte sich. Von hinten kamen langsame, schlurfende Schritte heran, und dann blieb eine ältere, dickliche Frau mit hochgesteckten grauen Haaren und in weißer Küchenschürze neben Gregs Stuhl stehen.

„Was darf‘s denn sein?“

„Ein Bier, ein Helles, und vielleicht später noch was zu essen.“

Sie nickte. „Is recht. Warme Küch gibt’s aber bloß bis achte. Wird scho finster draußen. I mach Licht.“ Und schlufte wieder davon.

„I bin der Korbinian“, stellte sich der alte Mann vor. „Und du?“

Greg wusste, mit einem förmlichen „Sie“ würde er hier im ländlichen Voralpenland nicht sehr weit kommen.

„Ich bin der Greg.“

„Aus Ohlstadt bist ned“, meinte Korbinian. „Weil die kenn i alle, die Banditen.“

Greg nickte. „Ich bin aus München. Ich möchte hier ein paar Tage Urlaub machen und ein bisschen was über euer schönes Dorf erfahren. Und ich bräuchte da jemanden, der mir was erzählen kann. Kennst du jemanden …?“

Die Wirtin kam herangeschlurft, legte einen Bierdeckel vor Greg auf den Tisch und stellte das Bier darauf. „Wohlsein."

Greg nickte ihr zu, nahm das Glas, prostete Korbinian zu, und sie tranken, während die Wirtin wieder hinter ihre Theke schlurfte.

„Du bist gut!", empörte sich Korbinian und stellte sein Glas hin. „Einen suchn, der was übers Dorf weiß! Den hast schon gefundn, guter Mann. I bin mein ganz Lebn lang in Ohlstadt; i war nie woanders." Er stützte sich mit den Ellbogen auf den Tisch und beugte sich zu Greg herüber. „Das Dorf is schon sehr, sehr alt. Tausend Jahr, glaub i. Früher, im Mittelalter, hat's einem Kloster ghört, i weiß bloß nimmer, was für einem. Da bei uns gibt's nämlich einen Haufn Klöster."

Greg nickte nur und lehnte sich auf seinem Stuhl zurück.

„Weißt, was a Wetzstein is?", fragte Korbinian. „Die habn's früher da gmacht, von dem habn d'Leut glebt. Jetzt nimmer, die Zeit is vorbei."

„Schade", meinte Greg. Korbinians Wetzsteine interessierten ihn jedoch weniger. „Ich will morgen oder übermorgen auf den Heimgarten. Wo geht's vom Dorf aus hinauf?"

„Da gibt's viele Wege. Da schönste is der über'd Bärnfleckhüttn. Da gehst die Dorfstraß ganz hinauf. Beim letztn Haus steht da erste Wegweiser. Da gehst nachher immer weiter bis zum Wald – von einem Wegweiser zum nächstn. Verlorn gehn kannst da ned." Ein Grinsen zog über sein Gesicht. „Als Burschn sind wir in der

Nacht hinauf gelaufn – stockdunkl war's! Alles ohne Wegweiser."
„Du bist hier aufgewachsen."
„Trotzdem …"
Greg wollte allmählich zum Kern der Sache kommen: „Wenn ich auf den Heimgarten gehe, komme ich dann auch an der alten Burg vorbei?"
„Freili kommst an der alten Burg vorbei. Keine Angst, zur Burg haben's auch an jedem Baum ihre Wegweiser."
„Kann man noch was sehen von der Burg? Ich habe gelesen, dass da noch Ruinen sein sollen"
Korbinian schüttelte den Kopf. „Da hast was Falsches glesn. Nix gibt's mehr da drobn – keinen einzigen Stein. Bloß noch feuchte Löcher im Felsn."
„Kann man da reingehen?"
„Das lass lieber bleibn! Die sind schon lang zugschüttet, und da druntn ist es dunkl und feucht."
Das ging doch – vielleicht hatte Karin Busch vom „Gasthof zur Birke" ja doch nicht recht gehabt.
„Kein Wunder, dass nichts mehr da ist", meinte Greg und zuckte mit den Schultern. „Die Burg ist ja auch schon vor mehr als sechshundert Jahren zerstört worden, habe ich gelesen. Stimmt das?"
Korbinian nahm die Ellbogen vom Tisch, lehnte sich zurück und sah Greg mit geweiteten Augen wortlos an. Dann nickte er stumm.
„Weiß man, warum der Burgherr die Burg damals nicht wieder aufgebaut hat?", fragte Greg leichthin. Korbinian sah ihn immer noch mit geweiteten Augen an.

„Wie war noch der Name vom letzten Burgherrn?“, bohrte Greg weiter. „Wie hieß ...“ Und jäh war da wieder dieses Kribbeln im Nacken – heftiger noch als vorhin auf der Straße ... was kam jetzt?
Der Blick aus Korbinians Augen war starr auf Greg gerichtet, und so etwas wie ein Hauch von einem weißen Schleier zog gerade über die Augäpfel des reglos dahockenden alten Mannes.
Wenn nur dieses verdammte Kribbeln ... Hastig beugte Greg sich über den Tisch, fasste Korbinian am rechtem Arm und rüttelte daran. „Wach auf – komm schon – wach auf“, raunte Greg. Er warf einen raschen Blick zum Stammtisch. Die jungen Männer spielten immer noch Karten und hatten wohl von alledem nichts mitbekommen. Die Wirtin war nirgendwo zu sehen.
So plötzlich, wie es gekommen war, verschwand das Kribbeln in Gregs Nacken wieder – und Korbinians Augen waren wieder klar. Schnell ließ Greg den Arm des Alten los.
„I bin eingeschlafn“, murmelte Korbinian und schüttelte den Kopf. „Wird Zeit, dass i heim geh. Bin halt nimmer der Jüngste.“ Er nickte Greg zu und fing an, mit der Rechten in seiner Hosentasche zu kramen.
„Lass nur“, sagte Greg. „Dein Bier zahle ich. Wie viel waren‘s denn?“
„Drei ... ja, drei waren‘s.“ Korbinian zwängte sich hinter dem Tisch hervor und blieb dann neben Greg stehen. „Bist a netter Kerl, Greg. Bloß schad, dass i heim muss. Aber du hast‘s ja mitkriegt: Mir falln die Augen zu.“ Er streckte

Greg die Hand hin. „Dank dir fürs Bier." Dann schlurfte er zur Tür und verließ die Wirtsstube.
Greg nahm sein Bierglas und trank aus. Das hier eben hatte mit Gleichgültigkeit, was die Burg und ihren letzten Besitzer anging, nichts mehr zu tun. Da hatte Karin Busch untertrieben. Da steckte mehr dahinter - aber was?

„Willst du sterben?" hatte ihn die Wahrsagerin auf dem Oktoberfest gefragt. Wenn es sie wirklich gegeben hatte ...

VI.

Nachdem der alte Korbinian gegangen war, hatte Greg sich ein paar Würstchen mit Kraut bestellt, noch ein Bier getrunken und dann seine Zeche bezahlt.
Jetzt stand er vor dem Gasthaus „Zum Heimgarten". Was tun am Abend in einem kleinen Dorf wie diesem? Ob er Karin Busch würde überreden können, mit ihm ein Glas Wein zu trinken? Ihm war danach, mit jemandem über das zu reden, was er gerade erlebt hatte.
Er warf einen letzten Blick auf die schäbige Fassade des Gasthauses und machte sich auf den Weg die Dorfstraße hinunter zum „Gasthof zur Birke". Die wenigen Straßenlampen mühten sich nach Kräften, ihre Umgebung einigermaßen auszuleuchten. Warum eigentlich – außer Greg war hier niemand mehr unterwegs, kein Fußgänger, kein Auto weit und breit. Irgendwo krähte ein Hahn, und ein Hund gab ihm bellend Antwort.
Dann ... Stille, eine unwirkliche Stille, die fast mit Händen

zu greifen war - wie in einem Vakuum -, und wieder das Kribbeln in Gregs Nacken, so plötzlich war es da gewesen wie diese Stille.

Ein lauter Flügelschlag irgendwo in der Dunkelheit durchbrach auf einmal die Stille, und von hinten rauschte etwas durch die Luft auf Greg zu, dicht über seinen Kopf hinweg - und war schon wieder verschwunden.

Auch das Kribbeln in Gregs Nacken hörte schlagartig auf. Was war das gewesen? Wieder ein Vogel wie auf der Herfahrt? Welcher Vogel griff in der Nacht einen Fußgänger an - noch dazu in einer bewohnten Gegend? Wenn es tatsächlich ein Vogel gewesen war, musste er riesig sein. Und er hatte Greg wohl nur um Zentimeter verfehlt.

Greg betrat den Empfangsraum des „Gasthofs zur Birke“ und sah sich um. Wo war Karin Busch? Er hatte gehofft, sie noch hinter ihrem Tresen anzutreffen. Statt ihrer stand Anton, der Greg auf das Zimmer gebracht hatte, vor dem Tresen, legte gerade ein Handy weg und drehte sich zu Greg herum.

„Ist die Chefin noch im Haus?“, fragte Greg und trat neben Anton an den Tresen.

Anton schüttelte den Kopf. „Die Chefin hat an Unfall ghabt.“

„Einen Unfall ...? Ist sie verletzt?“

Anton zögerte. Greg war ein Fremder für ihn - und auch für seine Chefin. Ob er dem so einfach vertrauen konnte? Dann nickte er. „Sie hat heut noch in‘d Marktgemeinde Murnau nüberfahrn wolln. Sie war schon hinterm Haus,

wo unser Lieferwagn steht. I hab gsehn, dass sie ihr Handtaschn da aufm Tresen liegn hat lassn, und bin ihr mit der Taschn hinterher. Dann hab i gsehn, wie sie im Hof neben dem Auto gstandn is und sich gegen einen riesigen schwarzn Vogel gewehrt hat.“ Anton holte Atem und fuhr dann fort: „Das Mistviech hat sie einfach aus der Luft angriffn! I bin gerannt, um ihr zu helfn, aber da is er a schon wieder davon gflogn.“
„Und? Ist sie verletzt?“
„Jetzt warten‘S halt! Das Viech hat der Chefin mit‘m Schnabl a paar mal auf‘n Kopf und auf de Backn gehackt, und sie hat furchtbar blutet. I hab‘s verbunden, sie ins Auto gsetzt und bin mit ihr in d‘Unfallklinik nach Murnau gfahrn.“ Er deutete mit einer Kopfbewegung auf den Tresen, wo das Handy lag. „Wo Sie kommen sind, hab i grad mit der Klinik telefoniert ghabt. Die Wunden sind ned so schlimm, aber sie muss für ein oder zwei Tag zur Beobachtung bleibn. I bring ihr jetzt ihre Sachn, Waschzeug und so.“
Greg schloss einen Moment lang die Augen. Warum Karin Busch? Weil sie ihm den Tipp mit den alten Dörflern gegeben hatte? Oder war es nur ein krankes oder verletztes Tier gewesen, das sich von Karin Busch bedroht gefühlt hatte?
So oder so – er musste sie sehen; er musste sie auf den Vorfall ansprechen, und wenn es nur für eine Minute war.
„Wann fahren Sie ins Krankenhaus, Anton?“
„Jetzt. Wenn i die Sachn zusammengsucht hab.“

„Nehmen Sie mich mit“, bat Greg. „Ich … ich möchte Karin … Frau Busch sehen, nur kurz mit ihr reden. Geht das?“
Anton sah Greg lange an, als würde er sich fragen, was dieser Urlauber von der Chefin wollte – noch dazu am Krankenbett? Die kannten sich doch gar nicht.
„Was macht es schon aus, ob ich dabei bin oder nicht?“, drängte Greg. „Es gibt da etwas, das vielleicht mit dem Unfall der Chefin zu tun hat, Anton. Ich weiß noch nicht viel darüber, aber ich will es herausfinden. Ich will es wenigstens versuchen. Vertrauen Sie mir einfach.“ Nur Anton nicht zu viel erzählen – ein Korbinian war genug!
Anton seufzte erst, doch dann nickte er. „In zehn Minuten fahrn wir.“

Eine halbe Stunde später parkte Anton den Lieferwagen auf dem Großparkplatz vor der Unfallklinik Murnau.
Anton nahm die Reisetasche mit den Sachen für seine Chefin vom Rücksitz, und sie gingen über den Parkplatz zum Eingang der Klinik.
„Wissen wir, wo sie liegt?“ fragte Greg, als sie an der verwaisten Pförtnerloge vorbeigingen.
Anton nickte. „Zimmer 9, Station 23.“
Es war fast halb zehn, als sie in dem langen Flur vor der Tür des Schwesternzimmers stehen blieben. Greg klopfte an die Tür, und kurz darauf öffnete eine ältere Frau in weißem Kittel und weißer Hose.
„Wir wolln Frau Busch ein paar Sachn bringen“, erklärte Anton und zeigte auf die Tasche. „Ist sie auf ihrem Zimmer?“

Die Krankenpflegerin sah auf ihre Armbanduhr. „Aber nur die Sachen abliefern. Frau Busch hat das Zimmer gerade für sich allein – sonst hätten Sie morgen wiederkommen müssen."
„Wir wissen, dass es spät ist", meinte Greg. „Aber es ging nicht früher."
„Am Ende vom Flur, auf der linken Seite", sagte die Krankenpflegerin und verschwand wieder im Schwesternzimmer.

Karin Busch saß in ihrem Bett am Fenster und blätterte in einer Zeitschrift, als Greg und Anton in ihr Zimmer kamen. Sie hatte einen weißen Verband um den Kopf, und auf ihrer linken Wange klebte ein großes Pflaster.
Jetzt blickte sie auf, legte die Zeitschrift zur Seite und sah auf ihre beiden Besucher, die neben ihrem Bett stehen geblieben waren. „Herr Mil ... Greg? Das ist ja eine Überraschung ..."
Greg nickte ihr zu. „Anton hat mir von der Sache erzählt. Und da wollte ich wissen, wie es Ihnen geht."
Sie versuchte zu lächeln, ließ es aber dann sein. „Die Schmerzen lassen nach. Morgen oder übermorgen kann ich wieder heim."
„Wo soll i die Sachn hinstelln?", fragte Anton und hob die Tasche in die Höhe.
Karin Busch zeigte auf die Wandschränke neben dem Waschbecken zur Linken ihres Bettes. „In den rechten. Stell die Tasche einfach ins unterste Fach."
Anton nickte und ging mit der Tasche zu den Schränken.

Greg trat ganz dicht an das Bett. Es musste jetzt sein, jetzt sofort, solange Anton mit der Tasche beschäftigt war; auch wenn Karin Busch ihn noch so verwundert ansah.
„Erinnern Sie sich an den Vogel, der Sie angegriffen hat, Karin? Erinnern Sie sich, dass wir über die Schuwenburg und Gernot von Chamm geredet haben?“, fragte er leise.
Es ging schneller, als Greg erwartet hatte. Karin Busch saß wie erstarrt in ihrem Bett. Und der verwunderte Blick in ihren Augen war jäh verschwunden. Stattdessen starrten Greg zwei tote Augen an, und die Augäpfel überzogen sich mit dem Hauch eines weißen Schleiers …

VII.

Die asphaltierte Straße endete ein paar Hundert Meter nach den letzten Häusern. Danach führte ein befestigter Kiesweg durch den Wald, steiler als der bisherige Weg, weiter hinauf ins Heimgartengebiet.
Wie der alte Korbinian am Abend zuvor erzählt hatte, waren hier alle paar Hundert Meter grün-weiße Wegweiser an die Bäume genagelt. „Heimgarten über Bärenfleckhütte 2,5 - 3 Std.“, stand auf einem der Wegweiser. Auf den Heimgarten würde Greg ein andermal wandern. An diesem sonnigen Vormittag hatte er nur ein Ziel: die Schuwenburg.
Der Kiesweg zwischen den hohen Nadel- und Laubbäumen wurde noch ein wenig steiler. Zwischen den Bäumen lagen kleine und große moosbewachsene Felsbrocken. Ein Stück weiter sah Greg zwischen den Bäumen einen gerade verlaufenden, zugewachsenen Graben, der aussah, als wäre es vor langer Zeit ein

schmaler Hohlweg gewesen. Ob das der frühere Weg hinauf zur Burg war?
Jetzt führte der Weg in einer engen Kurve um einen riesigen Felsblock herum, und kurz darauf trat Greg auf eine kleine Lichtung. Hier gabelte sich der Weg. Dem einen Wegweiser nach ging es geradeaus weiter auf den Gipfel des Helmgarten. Der Wegweiser nach links zeigte auf einen schmalen Pfad: „Schuwenburg 10 Min.“. Der Burgfelsen wurde aber noch von den hohen Bäumen am Rand der Lichtung verdeckt.
Der schmale Pfad führte ohne jede Steigung in leichten Windungen zuerst über die Lichtung und dann unter den Bäumen weiter, auch an einer mächtigen, uralten Eiche vorbei, über deren Wurzelwerk Greg steigen musste.
Dann kam Greg wieder auf eine kleine Lichtung – und am anderen Ende der Lichtung ragte der gewaltige Burgfelsen in den blauen Himmel. Wie mochte die Burg einst dort oben gethront haben … *der hohe schmale Palas mit Wehrgang und Schießscharten – dicke Palisaden rund um das ganze Plateau, um den Burghof zu schützen* … Greg schüttelte den Kopf, wie um das Bild der einstigen Burganlage, das er gerade bis ins Detail vor Augen gehabt hatte, zu vertreiben. So konnte es einmal ausgesehen haben …
Er überquerte die Lichtung und blieb am Fuß des Burgfelsens stehen. Spärliches Gestrüpp und kleine, verkrüppelte Bergkiefern krallten sich in den rauen, beinahe senkrechten Fels.
Ob hier einst auch der Feldhauptmann mit seinen Männern gestanden hatte - mit dem Befehl, die Burg

zu erobern und zu zerstören? Und hatte er damals das Gleiche gedacht wie jetzt Greg: Unmöglich! Da kommt keiner hinauf, ohne abzustürzen oder von oben abgeschossen zu werden.

Tote und Verwundete, bis die Burgleute dort oben hatten aufgeben müssen, weil sie keine Vorräte mehr hatten. Hatte er hier gestanden ... *ein Hüne ... mit einem Gesicht wie ein Raubvogel ...*

Zur Linken des Burgfelsens entdeckte Greg schmale, in den Fels gehauene Stufen. Sie waren zur Mitte hin so verfallen, dass sie kaum noch als Stufen zu erkennen waren. Diese Treppe war wohl einst und auch jetzt der Zugang hinauf - jedenfalls der einzig sichtbare.

Greg stieg die ersten Stufen der Treppe hinauf. Je höher es ging, umso vorsichtiger wurde er, denn schon bald bewegte er sich auf Höhe der Baumwipfel zur Linken, und da ging es im Bergwald steil in die Tiefe. Rechter Hand war die Treppe stellenweise so tief in den Fels gehauen, dass Greg oftmals nur gebückt weitergehen konnte, um sich nicht den Kopf oben am Fels zu stoßen.

Stufe um Stufe ging es weiter nach oben. Greg konnte jetzt auf die Baumwipfel zur Linken hinabschauen. Nur keinen Fehltritt jetzt - es würde der letzte sein. Und auf diesem Weg hatten die Burgbewohner einst alles transportiert, was sie oben auf der Burg zum Leben und für die Verteidigung brauchten?

Die Stufen führten an einem kleinen Plateau vorbei. Es war mit Gestrüpp überwuchert, doch früher konnte hier wohl ein kleines Zwischenlager für Vorräte oder ein

Unterstand für Pferde gewesen sein.
Greg ließ das Plateau hinter sich und stieg weiter Stufe für Stufe hinauf. Die Baumwipfel konnte Greg nun nicht mehr sehen, die Treppe wurde noch schmaler, und direkt zur Rechten ragte nur noch die nackte, kalte Felswand in den Himmel.
Endlich – die Stufen der Treppe verliefen jetzt flacher, und Greg ließ die Felswand zur Rechten hinter sich. Nur noch ein paar Schritte, dann blieb er am Rand eines Plateaus stehen, holte tief Atem und sah sich um.
Das Plateau war fast oval, der Länge nach wohl vierzig oder fünfzig Meter. Am Rand wucherte Buschwerk, zur Mitte hin standen ein paar junge Buchen und Eichen, unter denen eine einfache Holzbank zum Verweilen einlud. Greg ging an der Bank vorbei bis an den gegenüberliegenden Rand des Plateaus. Er schob die Zweige eines Busches zur Seite und sah hinunter. Hier ging es senkrecht in die Tiefe, und sollte hier einer abstürzen, würde er wohl weit unten in den Wipfel der Bäume am Fuß des Burgfelsens landen.
… *Die Burg ist uneinnehmbar* …
Greg wandte sich ab und ging zurück zu der Holzbank. Erst jetzt sah er den Maschendrahtzaun, der etwas abseits von der Holzbank wohl als Sicherung um zwei Schächte im Fels gespannt war. Er trat näher an den Zaun heran und konnte in die fast runden Schächte hinuntersehen. Bis zum Grund waren es sicher vier oder fünf Meter, und soweit Greg erkennen konnte, waren die Schächte unterirdisch miteinander verbunden.

Greg ging halb um den Zaun herum und sah, dass man an der Wand eines der Schächte wohl würde hinunterklettern können. Vom Grund des anderen Schachts führte eine Art Stollen seitlich irgendwohin ins Dunkel.

Klar, dass er da hinunterklettern würde, wenn er sich auf der Bank von seinem Marsch hier herauf ein wenig ausgeruht hätte. Er ging zu der Bank, ließ sich darauf nieder und blickte auf die Voralpenlandschaft mit ihren Hügeln, ihren Wäldern, ihren Wiesen und ihren kleinen Dörfern. Auf einem Höhenzug am Ortsrand von Murnau erstreckte sich der Gebäudekomplex der Unfallklinik wie ein unregelmäßiges, weißes Band.

Dort hatte er am Abend zuvor Karin Busch besucht. Wie es ihr jetzt wohl ging? Das war schon etwas gespenstisch gewesen: dieser plötzliche hauchdünne weiße Schleier über Karin Buschs Augäpfeln, als er sie auf den Angriff des Vogels und auf ihrer beider Unterhaltung über die Burg und über Gernot von Chamm angesprochen hatte. Er hatte sofort das Thema gewechselt, denn Anton hatte die Reisetasche im Schrank verstaut und war an das Krankenbett zurückgekommen. Doch der Schleier war so schnell wieder aus Karin Buschs Augäpfeln verschwunden, wie er gekommen war; Anton konnte nichts davon mitbekommen haben. Und Karin Busch war nur ein wenig verwundert gewesen, dass sie wohl einen ganz kurzen Augenblick eingeschlafen war …

Doch für Greg war jetzt klar gewesen, dass das alles irgendwie miteinander zu tun hatte: die Wahrsagerin auf dem Oktoberfest, sein Unfall auf der Herfahrt nach

Ohlstadt, die Veränderungen beim alten Korbinian und bei Karin Busch, als es um die Geschichte der Burg und um Gernot von Chamm ging - aber wie hatte das alles miteinander zu tun?
Auf der Rückfahrt nach Ohlstadt hatte Anton gefragt, ob Greg denn jetzt etwas darüber wisse, was es mit dem Unfall seiner Chefin auf sich haben könnte. Greg hatte verneint. Er habe sich geirrt, es sei wohl doch ein krankes oder verletztes Tier gewesen. Das war gelogen, aber für einen einzigen Tag war es ihm wirklich genug gewesen.
Greg sah sich um. Ruhig war es hier oben, sehr ruhig - zu ruhig? Hatten da nicht vorhin noch Vögel gezwitschert? Jetzt nicht mehr, und auch sonst war kein Laut zu hören.
Er legte den Kopf in den Nacken und schaute in den strahlend blauen Himmel. Ganz hoch über dem Burgfelsen zog ein schwarzer Vogel lautlos seine Kreise. Stieg der noch höher? Nein, der stieg nicht höher, sondern er verlor immer mehr an Höhe. Und jetzt hörte er auch auf, Kreise zu ziehen, legte stattdessen die Schwingen an und setzte zum Sturzflug auf den Burgfelsen an.
Mit einem Mal war das Kribbeln im Nacken wieder da, und Greg starrte auf den schwarzen Vogel, der rasend schnell auf ihn herabschoss.

VIII.

„Rede mit mir – ich warte." Gernot saß auf seinem Faltstuhl im Rittersaal und sah zu, wie Gundrun mit dem Zeigefinger seltsame Zeichen und Figuren auf die beschlagene Scheibe des mittleren Fensters malte. Kalter Novemberregen prasselte laut gegen die Scheiben.
„Was wird der Herzog tun – und was wird der Hauptmann tun? Die Antwort bist du mir schuldig."
Gundrun war nicht aus freien Stücken zu Gernot in den Rittersaal gekommen. Der hatte Ruprecht losgeschickt, sie zu suchen und zu ihm zu bringen. Mit Ruprecht und Gundrun war das etwas anderes als mit ihm, Gernot, und Gundrun: Die beiden achteten einander, und Ruprecht war wohl der einzige Mensch, den Gernot kannte, auf dessen Wort Gundrun hin und wieder hörte.
Gundrun wischte die Zeichen und Figuren mit dem Handrücken von der Scheibe, drehte sich um und kam zu Gernot an die Tischreihe. Sie stützte sich mit beiden

Händen auf den Tisch vor Gernot und sah ihm in die Augen.
„Ich bin keinem etwas schuldig – dir schon gar nicht! Wenn du mich aber um etwas bitten willst, kann es sein, dass ich dir zuhöre und dir vielleicht sogar antworte. Aber nur, weil du der Sohn deines Vaters bist."
Gernots riesige Gestalt fuhr aus dem Faltstuhl hoch. Warum packte er das Weib nicht einfach an der dürren Gurgel und drückte zu? Es würde ganz schnell gehen ... „Und weil ich der Sohn meines Vaters bin, höre d u jetzt mir zu, du alte Hexe." Er hätte sie am liebsten angebrüllt und ihr das, was er ihr zu sagen hatte, mit seinem ganzen Hass entgegengeschleudert – aber diese Blöße würde er sich nicht geben! „Ich habe meinem Vater auf dem Totenbett versprechen müssen, dich auf der Burg wohnen zu lassen, so lange du das willst. Und ich habe noch nie ein Versprechen gebrochen. Sonst wärst du nach Vaters Tod in das finstere Loch zu den Ratten und Mäusen gewandert und wärst dort elend verreckt. Aber da wir schon einmal dabei sind: Zwing mich nicht, ein Versprechen zum allerersten Mal nicht zu halten ..."
Gundrun löste die Hände vom Tisch und richtete sich auf. Ihre schwarzen Augen funkelten. „Du bist ein seltsamer Mann, Gernot", sagte sie leise, "denn du hast zwei Seelen: Die eine ist jähzornig, wütend und grausam – die andere ist gerecht, mutig und aufrichtig. Tod und Vernichtung für deine Feinde, Verlässlichkeit und Beistand für deine Freunde."
„Das ist nicht das, was ich hören wollte."
Sie nickte. „Ja, weil dir die Geduld fehlt. Kein Ritter kann es im Kampf oder im Turnier mit dir aufnehmen. Du führst das

zweihändige Schwert mit einer Hand, wie ein anderer Mann es nicht einmal mit beiden Händen kann. Du kannst damit fünf oder gar zehn Krieger erschlagen, wenn sie dir gegenüberstehen. Doch hüte dich, Gernot: Nicht alles kannst du mit deinem Schwert bezwingen. Denn was hilft dir dein Schwert noch, wenn dreihundert Kämpfer am Fuß des Burgfelsens lagern und tagelang mit ihren Kugeln zu dir heraufschießen?"
Gernot nickte. Kam sie jetzt auf den Punkt?
„Und wie willst du eine Burg verteidigen mit deinem wenigen Männern, wenn die kaum noch ihre Waffen halten können vor Hunger?", fuhr sie fort. „Da hast du deine Antwort, Gernot – mach damit, was du willst."
„Der Herzog schickt seinen Hauptmann samt Truppen und Donnerrohren", murmelte Gernot und schaute über Gundrun hinweg ans andere Ende des Rittersaales. „Und wir werden die Burg nur solange halten, wie wir Vorräte haben, weil sie uns nicht nur beschießen, sondern uns auch aushungern werden …"
Gundrun gab keine Antwort, sondern sah ihm nur in die Augen.
Gernot stieß den Faltstuhl mit dem rechten Fuß zur Seite und ging an Gundrun vorbei zu dem Fenster, an welches Gundrun vorher ihre Zeichen und Figuren gemalt hatte. Er stützte sich mit beiden Händen auf die Fensterbank und sah hinaus. „Geh!", sagte er laut. „Lass mich allein!"
Er hörte ihre Schritte auf dem Steinboden, dann ging die Tür zum Rittersaal zweimal – sie war fort.
Diese verdammte alte Hexe – verflucht sei der Tag, an dem sein Vater sie auf die Burg gebracht hatte! Warum nur hasste

er sie so? Weil sie so ganz anders war als er – und weil sie die Vertraute seines Vaters gewesen war und immer zwischen ihm, Gernot, und dem Vater gestanden hatte? Dieses Weib war die Bosheit selbst. Und dann diese Heimlichtuerei! Oft war sie tagelang verschwunden – einfach so, als hätte sie sich in Luft aufgelöst; keiner wusste, wann und wie sie gegangen und wann sie wieder gekommen war. Und wenn Gernot sie dann fragte, was sie denn gemacht habe – keine Antwort! Da konnte er fragen, solange er wollte.

Wie um alles in der Welt sollte er seine Burg schützen, wenn er nicht einmal wusste, was die, die mit ihm auf der Burg lebten, vielleicht hinter seinem Rücken trieben?

Im Grunde wusste Gernot nur das über sie, was sein Vater ihm einst erzählt hatte.

Arnold von Chamm, Gernots Vater, und Ruprecht waren seit Kindertagen sowohl auf der Burg als auch im Dorf zusammen aufgewachsen. Später dann waren sie miteinander durch die Welt gezogen, hatten Seite an Seite gekämpft, wo immer es sich ergeben und vor allem gelohnt hatte, hatten gegenseitig ihre Wunden versorgt und oft und ausgiebig gezecht und gefeiert.

Nachdem Gernots Mutter bei dessen Geburt gestorben war, war Ruprecht geblieben, hatte sich um den kleinen Gernot, um seine Eltern unten im Dorf und um die Burg gekümmert – doch Arnold war wieder in die Welt hinausgezogen. Und so hatte dieser im Laufe der Jahre die Länder im Süden, das Heilige Land und auch viele der nördlichen Länder bereist …

… und hatte auf dem Rückweg von der letzten Reise in einem kleinen Dorf nahe der Reichsstadt Augsburg übernachtet.
Wüstes Geschrei hatte ihn am frühen Morgen aus dem Schlaf gerissen: „Bringt sie um!“ … „Verbrennt die verfluchte Hexe!“ … „Schlagt sie tot!“ …
Hastig zog Arnold seine Kleider über und rannte aus dem Haus, um zu sehen, was da vorging. Eine ganz in Schwarz gekleidete Frau mit einem schwarzen Kopftuch lief an ihm vorbei die Straße hinunter, die Arme über den Kopf haltend, um sich vor den Steinen der wütenden Meute zu schützen, die hinter ihr herrannte. Nicht mehr lange, und die Meute würde die Frau eingeholt haben – und Arnold wusste nur allzu gut, was die dann mit dieser Frau anstellen würde.
Da war keine Zeit zu verlieren! Arnold holte sein Schwert aus der Schlafkammer, rannte in den Stall, sattelte hastig sein Ross und führte es auf die Straße.
Er saß auf und jagte das Ross in vollem Galopp in die aufgebrachte, johlende Meute. Viele konnten gerade noch zur Seite springen, doch andere wurden zu Boden gerissen und versuchten verzweifelt, den wirbelnden Hufen von Arnolds Ross zu entkommen. Die Meute verharrte ein wenig, verwirrt und verängstigt über die plötzliche Attacke. Doch wohl nicht für lange …
Die Frau in Schwarz war stehen geblieben, hatte sich umgedreht, ließ die Arme sinken und blickte auf den heranpreschenden Reiter.
Arnold zügelte sein Ross neben ihr. „Ich will dir nichts. Gib mir die Hand, sitz auf – und dann machen wir, dass wir von hier fortkommen!“

Sie waren lange geritten, so lange, bis Arnold sicher sein konnte, dass ihnen von der Dorfmeute keine Gefahr mehr drohte.
Arnold zügelte das Ross auf einer Waldlichtung, half der Frau aus dem Sattel und saß dann selber ab.
Er band das Ross mit dem Zügel an einen Strauch und drehte sich zu der Frau um, die mitten auf der Lichtung stand, das schwarze Kopftuch über den schlohweißen Haaren zurecht zog und Arnold unverwandt ansah.
Arnold trat zu ihr, und erst jetzt fielen ihm ihre pechschwarzen funkelnden Augen auf. „Wer bist du?"
Sie lächelte ihn an. „Die, die mich nicht steinigen, verbrennen oder erschlagen wollen, sagen Gundrun zu mir. Für die anderen bin ich die verfluchte alte Hexe."
Arnold deutete eine Verbeugung an. „Ritter Arnold von Chamm. Warum wollten sie dich töten, Gundrun?"
Ihr Lächeln erstarb. „Weil es dumme Menschen sind, Herr Ritter. Die glauben nur das, was sie glauben wollen, oder was ihnen befohlen wird zu glauben. Alles andere ist ihnen fremd, und darum macht es ihnen Angst, und die Angst macht sie böse. Sie hätten mir nichts antun können ... nicht wirklich", fügte sie leise hinzu. „Ich danke Euch, dass Ihr mir geholfen habt, Ritter Arnold. Aber nun lasst mich wieder meines Weges ziehen."
„Und wohin führt dich dein Weg?"
Wieder lächelte sie ihn an. „Fragt den Weg, wohin er führt, nicht den, der darauf wandert."
Arnold hatte Gefallen an der ungewöhnlichen Frau gefunden. "Mein Weg ist vorbestimmt", antwortete er. „Er führt

mich nach Hause ins Gebirge auf meine Burg. Geh diesen Weg mit mir, Gundrun, und sei mein Gast, so lange es dir gefällt."

Sie sah ihm eine Weile stumm in die Augen – und auf einmal hatte er das Gefühl, als würde er völlig nackt vor ihr stehen, und als könnte er nichts vor ihr verbergen, wenn sie es nicht wollte.

Dann nickte sie. „Ich nehme Euer Angebot an, Herr Ritter. Aber es gibt eine Bedingung: keine Fragen, woher ich komme, wer ich bin, wohin ich gehe. Ich kenne Eure Antwort, aber ich möchte sie aus Eurem Munde hören."

Arnold überlegte nicht lange. „Keine Fragen – mein Wort darauf ..."

Dies war die Geschichte, die Arnold seinem Sohn Gernot Jahre später erzählt hatte. Arnold hatte sich bis zu seinem Tod an das Versprechen gehalten, das er Gundrun einst gegeben hatte. Sie war zu seiner Ratgeberin geworden, sie wusste um seine tiefsten Geheimnisse, die er selbst dem Sohn und Ruprecht gegenüber hütete. Immer wieder hatte er ihren Rat gesucht – dann aber doch meist das getan, was ihm die flüchtige Eingebung des Augenblicks befohlen hatte.

Ob sie wirklich über dämonische Kräfte verfügte? Gernot wusste es nicht, er konnte darüber nur Vermutungen anstellen und rätseln – und das machte ihn ganz und gar nicht zufrieden.

Warum nur hatte sie ihn als Kind nie beachtet? Für Gundrun hatte es ihn, Gernot, einfach nicht gegeben. Kein gutes Wort, kein böses Wort, kein Lächeln von ihr – nichts ...

Gernot löste die Hände von der Fensterbank. Und warum alterte die Hexe nicht? Seit er sie kannte – und das waren beinah dreißig Jahre, war sie immer dieselbe geblieben: dieselben Falten, derselbe Gang, der nicht die Spur von Gebrechlichkeit verriet.
Gernot wusste nicht, w i e alt sie war, aber eigentlich hätte sie längst ein kränkelndes, am Stock humpelndes altes Weiblein sein müssen, dem der Sensenmann schon auf Schritt und Tritt folgte.

Aber für Gundrun gab es das alles wohl nicht …

IX.

Tags darauf versammelte Gernot seine fünfzehn Getreuen im Burghof. Der Regen hatte aufgehört, und von Zeit zu Zeit lugte sogar die Sonne zwischen den Wolken hervor.
Die Männer, in grobem Leinenrock und Lederstiefeln, sahen wartend auf ihren Burgherrn. Ruprecht, zur Linken Gernots, zupfte immer wieder an seinem grauen Bart.
„Wir werden uns verteidigen müssen – uns und die Burg.“ Gernot sah von einem zum anderen. Die Hälfte der Männer hatte schon seinem Vater gedient, die jüngeren waren in Gernots Alter; nur zwei von ihnen waren jünger als Gernot.
„Also werden wir Vorräte brauchen. Genug Vorräte für eine lange Belagerung. Wir werden unsere Waffen prüfen und kampfbereit halten. Die Palisaden und das Tor werden verstärkt. Und oben auf dem Palas wird Tag und Nacht ein Wächter stehen.“ Gernot wandte sich an Ruprecht. „Du wirst die sechs kräftigsten Männer mit ins Dorf nehmen und mit ihnen die Vorräte auf die Burg schaffen.

Sag den Bauern, ich weiß, dass der Winter kommt, und ich weiß, dass sie selber nicht viel haben. Sag ihnen auch, dass ich beim nächsten Zins an unsere heutigen Forderungen denken werde. Und lass sie wissen, dass die Burg für sie offen steht, wenn das Dorf angegriffen wird."
Ruprecht nickte. In den Gesichtern der anderen Männer stand Erleichterung. Sie alle hatten Angehörige unten im Dorf, auch Ruprecht. Nach dem Tod von dessen Eltern hatte Gernot das Anwesen einem Neffen Ruprechts als Lehen gegeben. Der Neffe war der einzige leibliche Verwandte, den Ruprecht noch hatte.
„Wir anderen, die nicht ins Dorf gehen, werden mit den Arbeiten hier auf der Burg anfangen", fuhr Gernot fort. „Habt ihr Fragen? Jetzt wäre die Zeit dafür."
Einer der älteren Männer trat vor. Sein abgetragener Leinenrock konnte die Leibesfülle nur schwer verbergen. Gernot nickte ihm zu. „Eberhard ...?"
„Haben wir genug Zeit, Herr Ritter? Werden wir fertig sein, bevor sie da sind? Und: Wer wird uns angreifen?"
„Die Schergen des Herzogs, angeführt von Hauptmann Bart." Gernot überlegte: Der Feldhauptmann hatte einen langen Weg gehabt von der Burg zurück in die Stadt. Es würden sicher viele Tage, vielleicht sogar Wochen vergehen, bis sich eine kampfbereite Truppe auf den Weg ins Gebirge würde machen können. Wenn die dann obendrein noch die gewaltigen Donnerrohre mit sich schleppen mussten – über holprige Straßen und Wege, über Hügel und durch Wälder – blieb wohl genug Zeit für die Arbeiten hier.

„Wir werden fertig, Eberhard – wenn wir jetzt anfangen und uns sputen. Also, ans Werk!"
Ruprecht ging sogleich zu den Männern und bestimmte sechs von ihnen, die mit ihm ins Dorf gehen würden.
Gernot schickte drei der verbliebenen Männer in die Waffenkammer. Sie mussten alle Waffen – Armbruste, Bogen samt Pfeilen, Hellebarden und Wurfspeere – überprüfen und ausbessern, wo es notwendig war.
Gernot selbst stieg mit dem Rest der Männer die Steintreppe hinunter zum Fuß des Burgfelsens. Sie trugen Äxte, Sägen und Brecheisen mit sich. Im angrenzenden Bergwald dort unten würden sie Bäume fällen und zurechtschneiden als Bauholz zur Verstärkung der Palisaden. Und mit den Brecheisen konnten sie Steine aus den Felsen lösen, um die später bei einem Angriff von oben auf die Feinde zu werfen.

„Die Bauern haben nichts", sagte Ruprecht und zuckte mit den Schultern. Er war mit seinen Männern aus dem Dorf zurück und stand jetzt zusammen mit ihnen und Gernot am Brunnen im Burghof. „Gundolf, mein Neffe, hat noch das meiste gegeben – aber auch das war fast nichts. Bei den anderen mussten wir um jeden Scheffel Mehl, jedes Huhn feilschen. Ihr habt gesagt, wir sollen nur das nehmen, was sie entbehren können – ist nicht viel geworden …"
Gernot runzelte die Stirn. „Versucht es noch einmal, Ruprecht. Der Schutz, den ihnen die Burg gibt, ist nicht umsonst zu haben – sag ihnen das! Und sag ihnen, dass sie ohne uns ganz sicher nicht verhungern werden, weil sie vorher durch die Waffen unserer Feinde sterben. Wir brauchen

ihre Hilfe, weil es ein Geben und Nehmen ist zwischen uns – das sagst du ihnen auch."

Ruprecht zupfte an seinem Bart. „Ein offenes Wort, Gernot?"

Gernot sah ihn nur verwundert an.

„Die Bauern können über Euch nicht klagen", meinte Ruprecht. „Ihr seid gerecht und gut. Andere Lehnsherren fragen nicht lange, ob ihre Leibeigenen Hunger leiden müssen. Sie nehmen sich, was sie brauchen oder was sie wollen – wenn's sein muss, mit Gewalt. Ein einziges Mal vielleicht solltet Ihr es diesen Herren gleichtun. Auch wenn das gegen den Sohn meines einzigen Bruders geht."

Gernot schüttelte den Kopf. „Haben die Bauern Schuld an dem Händel zwischen dem Herzog und mir? Nein. Wir haben von ihnen immer nur das gefordert, was uns nach altem Recht zusteht. Und darum vertrauen sie uns." Er legte Ruprecht die rechte Hand auf die Schulter. „Und du, alter Freund, wirst jetzt ins Dorf zurückgehen und ihnen ausrichten, was ich dir aufgetragen habe."

Ruprecht nickte, dann zog ein Lächeln über sein Gesicht „Ich hätte es wissen müssen …"

Am Ende der letzten Novemberwoche war alles für die Verteidigung der Burg gerichtet.

Gernots Worte an die Bauern, wie er sie Ruprecht aufgetragen hatte, hatten ihre Wirkung nicht verfehlt. Drei Tage lang mussten Ruprecht und seine Männer Säcke mit Getreide und Feldfrüchten, Tieren zum Schlachten und was immer die Bauern hatten entbehren können, den beschwerlichen Weg zur Burg hinaufschleppen – Vorräte für mehrere Wochen.

Gernot indes hoffte auf einen kalten, strengen Winter, der den Feind zwingen würde, eine Belagerung der Burg abzubrechen. Denn wäre der Winter vorüber und der Feind lagerte immer noch unten am Fuß des Burgfelsens, würden die Vorräte aufgebraucht sein – und was dann? Denn dass es nur eine Belagerung geben konnte und keine Eroberung, stand für Gernot fest.

Dennoch hatten sie die Palisaden erhöht und verstärkt, Wehrgänge darauf errichtet und mit Schießscharten versehen. Das kleine Burgtor war mit schweren Holzbohlen verstärkt worden, und alle tauglichen Waffen lagerten einsatzbereit in der Waffenkammer.

Gernot stand auf einem der neuen Wehrgänge und blickte nachdenklich in den Burghof. Diese Donnerrohre: Wie gefährlich konnten sie wirklich sein? Gernot wusste, es waren riesige Rohre aus Bronze, die mit Schwarzpulver geladen wurden. Ein Dutzend Männer oder mehr brauchte es, um sie mit Haspel, Stöcken, Seilen und Hebezeug in Stellung zu bringen.

Geschossen wurde mit in Blei gegossenen Steinkugeln, bei voller Auslastung vielleicht zwölf oder fünfzehn Schuss am Tag. Angeblich gab es auch Kugeln ganz aus Eisen, die bis zu dreihundert Pfund wiegen konnten …

„Der große Ritter freut sich wohl auf die Schlacht?"

Gernot sah nach rechts. Gundrun stand wenige Schritte von ihm entfernt auf dem Wehrgang und sah ihn an. Wie sie es nur immer wieder schaffte, auf einmal da zu sein, ohne dass er merkte, wie und woher sie gekommen war!

„Bis es so weit ist, kannst d u ja schon einmal meine Schwertspitze spüren", knurrte er sie an.
„Wenn du deine Schulden bezahlt hättest, würdest du jetzt nicht hier stehen und auf den Feind warten. Aber sorge dich nicht, großer Gernot – er ist näher, als du denkst."
„Du weißt etwas ..."
Sie nickte. „Das, was ich gerade gesagt habe."
„Wenn du den Feind sehen kannst ..."
„Gib dir keine Mühe", unterbrach sie ihn. „Du denkst seit langer Zeit schon, dass ich Dinge sehe, noch ehe sie geschehen, und dass ich sie ändern oder gar verhindern kann. Das denkst du doch?"
Gernot sah sie wortlos an.
„Und du denkst, ich helfe dir, deine Burg zu verteidigen", fuhr sie fort. „Gib jetzt gut Acht, Gernot: Du wirst nie erfahren, ob ich das kann, von dem du denkst, dass ich es kann. Du wirst nie erfahren, ob du dich irrst. Und deine Burg wirst du allein verteidigen, Gernot, du und deine Männer."
Gernot machte ein paar Schritte auf Gundrun zu, blieb vor ihr stehen und sah auf sie herab. Was bildete dieses Weib sich eigentlich ein? „Du lebst auf dieser Burg wie wir anderen auch", brauste er auf. „Du genießt ihren Schutz und du lebst von ihren Vorräten. Ich wiederhole mich nicht gern, aber damit stehst du in der Schuld der Burg. Und diese Schuld fordere ich von dir ein! Du wirst deine ganze Kraft in den Dienst der Burg stellen, oder – bei Gott! - du wirst den Tag verfluchen, an dem du auf meine Burg gekommen bist!"

Gundrun trat einen Schritt zurück, und ein Lächeln huschte über ihr Gesicht. „Ich sehe Gernot, nicht Arnold. Arnold ist tot, und mit ihm ist meine Schuld begraben."

„Ich will nicht ..."

„Sie kommen! Sie kommen!"

Gernot fuhr herum und sah zur Brüstung des Palas hinauf, wo oben im Ausguck der junge Konrad als Wächter stand.

„Sie kommen!", rief Konrad abermals, beugte sich über die Brüstung und zeigte ins Tal. „Sie ziehen am Dorf vorbei in den Wald. Und sie haben die Donnerrohre dabei."

X.

Das schwarze Zelt ... die Urkraft aus der russischen Steppe – und Rolf Detmer mit gebrochenem Genick ... Nein, nicht jetzt! Jetzt gab es nur diesen riesigen schwarzen Vogel, der immer noch im Sturzflug auf Greg herabschoss. Das Kribbeln in Gregs Nacken war fast unerträglich.

Wenn der Vogel noch abdrehen wollte, musste er das jetzt tun – aber er tat es nicht. Nun denn ...

„Verschwinde, du verdammtes Biest!" Und augenblicklich jagte wieder der stechende Schmerz durch Gregs Schädel, als ob jemand ihn von der Stirn bis in den Nacken mit einem Dolch durchbohren wollte.

Der Vogel – dicht über Greg prallte er mit einem Mal wie gegen einen unsichtbaren Boden. Es riss ihm die Schwingen und die Beine zur Seite, schwarze Federn stoben in alle Richtungen, und der Vogel krächzte laut und wütend auf. Sofort versuchte er, das Gleichgewicht wiederzufinden, und torkelte dabei wie ein Betrunkener auf dem unsichtbaren Boden in der Luft.

Jetzt fing er an, mit den Schwingen zu schlagen, unsicher erst, dann gleichmäßiger, und allmählich gewann er wieder an Höhe.

Mit einem Mal war das Kribbeln in Gregs Nacken weg. Benommen sah er zu, wie der Vogel langsam höher und höher stieg und dann in Richtung des Heimgartengipfels abdrehte.

„... Und sie waren imstande, den wilden Tieren und den Naturgewalten Einhalt zu gebieten ...“, hatte die Wahrsagerin auf dem Oktoberfest über Gregs russische Vorfahren erzählt. Und auch wenn es Greg jetzt noch schwerfiel, das zu glauben - sie hatte wohl nicht gelogen.

Aber was hatte es mit diesem Vogel auf sich? Ob es derselbe war, der Karin Busch angegriffen und verletzt hatte? Was kam als nächstes und woher und von wem?

Greg stand auf und holte tief Atem. Er drehte sich um und ging zu dem Maschendrahtzaun, der um die beiden Schächte im Fels gespannt war. Sollte er wirklich...? Ja.

Er stieg über den Maschendrahtzaun und trat an den Rand des Schachts, an dessen Wand er würde hinunterklettern können.

Was, wenn Wanderer jetzt hier heraufkamen und er kroch da unten in den alten Löchern herum? Ach was, seit er in Ohlstadt losmarschiert war, hatte er keine Menschenseele gesehen – warum sollte ausgerechnet jetzt jemand hierher kommen? Er setzte sich an die Kante des Schachts und suchte mit den Füßen nach kleinen Vorsprüngen an der Wand.

Die Kletterei hinunter ging leichter, als er gedacht hatte, und Minuten später stand er auf dem feuchten Grund des Schachts. Wie er vermutet hatte, gab es zwischen den beiden Schächten einen hüfthohen Verbindungsstollen.
Auf allen vieren kroch er durch den wohl zehn Meter langen Stollen. Als er in dem zweiten Schacht war, hatte er den anderen, niedrigen Stollen, der seitlich irgendwo in den Fels hineinführte, direkt vor Augen.
Abermals kroch er auf allen vieren in diesen Stollen und sah, dass es auch hier Reste einer steinernen Treppe gab, die nach unten ins Dunkel führte. Nach wenigen Stufen wurde der Stollen auf einmal höher, und Greg konnte sich aufrichten, ohne mit dem Kopf an die Decke zu stoßen. Aus der dunklen Tiefe schlug ihm feuchter, kalter Modergeruch entgegen. Warum hatte er keine Taschenlampe mitgenommen?
Greg stützte sich mit den Händen links und rechts an der Stollenwand ab und tastete sich mit den Füßen auf den verfallenen Stufen nach unten. Je weiter er hinabstieg, umso dunkler wurde es. Er blieb stehen und schaute zurück zum helleren Eingang des Stollens. Wie weit war der nun von ihm entfernt – zwanzig Meter? Er wandte sich wieder um und stieg weiter hinab. Doch nach vielleicht zehn weiteren Stufen war der Stollen zu Ende und eine Wand aus dunklem Fels versperrte Greg den Weg. Er blieb vor der Wand stehen und lauschte. Irgendwo in dem Stollen tropfte es leise, sonst war nichts zu hören.
Was war wohl hinter dieser Wand? Irgendwann einmal hatte die Steintreppe ganz sicher weitergeführt – denn

der Stollen war wohl kaum in den Fels getrieben worden, nur damit er hier unvermittelt enden sollte.
Greg legte seine Handflächen auf den kalten rauen Fels vor sich, fuhr darüber und spürte die zahllosen Risse und Spalten. Mit der rechten Hand ertastete er auf Augenhöhe einen Spalt, gerade so breit, dass er mit allen Fingern hineingreifen konnte. Was war das? Aus dem Spalt strömte mit einem Mal warme, pulsierende Luft, strich erst über seine Finger, dann über die Hand, dann unter der Kleidung hindurch über seinen Arm.
Greg stellte sich ganz dicht an die Wand, sodass er in den Spalt sehen konnte. Der Spalt schien tief in den Fels hineinzugehen - denn wie von ganz weit her drang ein schwacher rötlicher Schein bis zu Greg, wurde heller und heller und pulsierte zusammen mit dem warmen Luftstrom immer heftiger. Ein Gesicht - ja, der Schein fing an, ein Gesicht zu formen, erst nur verschwommen, doch nach und nach wurden daraus die schattenhaften Umrisse eines männlichen Gesichts. Das Gesicht eines wohl noch jungen Mannes mit ebenmäßigen Zügen, das Greg zugewandt war. Es sah ihn an, obwohl es da nur zwei dunkle Stellen gab statt der Augen. Dieses Gesicht ... kannte er es? Ja, aber woher - und wann war das gewesen...?
Und auf einmal pulsierten Licht und Wärme über Gregs ganzen Körper, und er spürte, wie etwas von seinem Nacken herkommend in den Schädel drang und sich tief in seine Gedanken bohrte ... „*... kommst zurück ... zurück zu mir ... hilf ... hilf mir ... töte ... töte sie ... frei sein...!*"
„Gernot...?", flüsterte Greg. „Gernot von Chamm? Wie ..."

Ein greller Blitz zuckte durch Gregs Schädel, und etwas schleuderte ihn von der Wand weg. Er fiel mit dem Rücken auf die Stufen der Steintreppe, doch da hatte er das Bewusstsein schon verloren.

XI.

Greg schlug die Augen auf und sah im Dämmerlicht die dunkle Decke über sich. Wie lange lag er schon hier? Er drehte den Kopf zur Seite, und sofort jagten höllische Schmerzen durch seinen Schädel. Er sah auf die Armbanduhr - eine Stunde! Eine Stunde war vergangen, seit er an der Wand ein paar Meter vor ihm gestanden hatte und ... ja, was gesehen hatte? Ein Gesicht? Ein Gesicht in einem roten Lichtschein ... den Burgherrn Gernot von Chamm? Der war seit sechshundert Jahren tot. Aber es gab ja die alte Legende von dem Fluch, der ihn einst in den Fels verbannt hatte - eine Legende! Aber wer war das dann gewesen? Oder hatte er, Greg, einfach nur fantasiert, weil er unbedingt etwas hatte finden wollen?

Doch noch immer klangen die Worte aus der Tiefe des Felsens in seinem Kopf. „*... kommst zurück ... zurück zu mir ... hilf ... hilf mir ... töte ... töte sie ... frei sein ...!*"
Wie konnte er zurückgekommen sein, wenn er doch noch

nie hier gewesen war? Wie konnte er helfen, wem konnte er helfen – und wen sollte er töten? Das ergab doch alles keinen Sinn.

Die Luft über dem Plateau war schon kühl, obwohl die Sonne immer noch vom wolkenlosen Himmel strahlte.
Greg stieg über den Maschendrahtzaun, blieb daneben stehen und schaute noch einmal zum Eingang des Stollens hinunter, von wo er gerade gekommen war.
Gernot von Chamm. Das hier war einst sein Zuhause gewesen; hier hatte er sicher viele Male gestanden, genau da, wo Greg jetzt stand. Was sie trennte, waren sechshundert Jahre.
Greg wandte sich ab und machte sich auf den Weg zu der Treppe, die zum Fuß des Burgfelsens hinunterführte.

Greg verließ den Bergwald auf dem Weg, den er von Ohlstadt aus gekommen war. Ein Stück weit vor den ersten Häusern des Dorfes blieb er stehen und sah sich noch einmal um. Zur Rechten, fast schon unter den weit ausladenden Ästen der Bäume, sah er jetzt ein kleines, sicher sehr altes Haus, keine hundert Meter weit weg. Warum war ihm das Haus nicht schon auf seinem Weg hinauf zum Burgfelsen aufgefallen?
Eigentlich war es gar kein Haus, eher eine Hütte aus groben Feldsteinen, Balken und Brettern. Auf dem Dach wuchs das Moos, und ein paar graue Fensterläden hingen schief in den Angeln.
Aber stieg da nicht weißer Rauch aus dem Ziegelkamin auf? In der Hütte war also jemand. Eine Zufahrt schien es

aber nicht zu geben - wer wollte denn auch schon zu so einer Ruine fahren?

Greg ging an den Tresen im Empfangsraum des „Gasthofs zur Birke". Anton, der in einer Zeitung gelesen hatte, sah auf und lächelte, als er Greg erkannte.
Greg nickte ihm zu und stützte sich mit der Linken auf den Tresen.
„Wie läuft's?"
„Schlecht. Sie sind jetzt da einzige zahlende Gast. D'Saison is vorbei."
„Ist doch gut so, Anton, jetzt, wo Sie gerade allein hier sind. Wie geht's der Chefin? Wann kommt sie wieder?"
„Ganz guad. Sie wollt eigentlich heut heim. Aber da Doktor meint, es is besser, erst übermorgn - wegen der Sicherheit, meint er."
„Gibt's noch was zu essen - ich habe Hunger wie ein Wolf."
Über Antons Gesicht zog ein Grinsen. „A bissl in den Felsn umherkraxld, was? Ihr Gewand schaut jedenfalls danach aus. Für die Gäst gibt's normalerweis bloß a Frühstück. Aber d'Anna, die die Kuchl macht, hat an Schweinsbratn im Ofen. Der is eigentlich mehr für die Angestellten, aber für Sie wird's auch noch genug sein."
Greg nickte. „Da oben am Wald zum Heimgarten steht ein uraltes Haus. Ich habe gedacht, das ist eine Ruine, bis ich Rauch gesehen habe. Wohnt da wer?"
Anton überlegte. „Ja … i weiß, was Sie für a Haus meinen. Da wohnt die Kuni, a steinalte Frau."

Greg runzelte die Stirn. „Die Kuni … und wer ist die Kuni? Wohnt die schon immer da?"
Anton sah Greg mit geweiteten Augen an. „Da wohnt die Kuni…"
„Ja - und…?"
„Da wohnt …"
Und da sah Greg, wie sich über Antons Augäpfel ein hauchdünner weißer Schleier legte, und er stieß Anton mit der Faust gegen die rechte Schulter. „Ist gut, Anton, ist alles gut – ich will gar nichts weiter wissen."
Der weiße Schleier über Antons Augäpfeln verschwand genauso schnell, wie er gekommen war, und Anton schüttelte den Kopf. „Bei was sind wir gwesn…?"
„Nicht so wichtig, nur bei dem alten Haus oben am Waldrand. Vergessen Sie's." Es war ein Fehler gewesen, Anton nach dieser Kuni zu fragen – aber woher zum Teufel sollte er, Greg, wissen, dass auch die wohl zu den Mächten gehörte, mit denen er es hier zu tun hatte?
Kuni. Ob er ihr die nächsten Tage einen Besuch abstatten sollte? Die würde schon reden, wenn sie etwas wusste – das Erbe der russischen Steppenvölker konnte da vielleicht hilfreich sein. Den Vogel oben auf der Schuwenburg hatte er damit ja schließlich auch überzeugen können, den Sturzflug auf ihn abzubrechen. Wenn er, Greg, sich das alles nicht nur eingebildet hatte …
„Essen'S jetzt dann gleich, oder später mit mir und de andern?"
„Wie …?" Greg blinzelte und sah Anton an, der ihn seinerseits mit gerunzelter Stirn musterte.

„Ham‘S a Problem? Sie waren grad ziemlich weit weg. Und so, wie Sie dreingschaut habn, möcht i da ned sein, wo Sie grad waren.“
„So weit weg war ich gar nicht, Anton. Ich esse mit Ihnen und den anderen, wenn‘s recht ist. In einer Stunde?“

Der Braten mit den Beilagen war köstlich gewesen.
Nach dem Essen war Greg, zusammen mit Anton und der jungen Anna, die den Braten zubereitet hatte, noch in der Gaststube sitzen geblieben. Sie hatten sich bei ein paar Gläsern Wein über Gott und die Welt unterhalten, und Anton und Greg waren irgendwann zum Du übergegangen. Inzwischen war es fast zehn Uhr, und Greg verspürte auf einmal eine bleierne Müdigkeit, nach allem, was er an diesem Tag wieder erlebt hatte. Und so wünschte er den beiden eine gute Nacht und ging auf sein Zimmer.
Er machte das Fenster auf und sah hinaus. Der Himmel war wohl bedeckt, denn er konnte nicht einen einzigen Stern sehen. Die Dorfstraße war menschenleer; irgendwo bellte ein Hund, ein anderer antwortete.
Greg sah dahin, wo die Schuwenburg sein musste, und er holte tief Atem. Da lag etwas seit Jahrhunderten wie ein dunkler Schatten über der Burgruine, über dem Dorf und über den Menschen hier. Und es sah so aus, als würde es Ruhe und Frieden nur so lange geben, wie niemand versuchte, hinter das Geheimnis der Burg zu kommen.
Greg machte das Fenster zu, ging zu Bett und fiel bald in einen tiefen Schlaf … bis er irgendwann an den Rand einer kleinen Waldlichtung kam. Auf der Lichtung hieben

zwei hünenhafte Kämpfer mit langen Schwertern erbarmungslos aufeinander ein. Den einen der beiden kannte er doch - das Gesicht aus der Felsspalte oben auf der Schuwenburg … ja, das musste er sein. Und wie es aussah, war er ganz sicher der stärkere der beiden Kämpfer, denn er trieb seinen Gegner jetzt mit wuchtigen Schwerthieben vor sich her.

Auf einmal merkte Greg, dass er in der Rechten eine schwere, gespannte Armbrust hielt. Er wusste nicht, warum, aber es drängte ihn, die Armbrust zu heben und sie auf den Gegner des Kämpfers aus der Felsspalte zu richten. Doch … wer war das dort auf der anderen Seite der Lichtung unter den Bäumen? Eine kleine, zierliche Gestalt, von Kopf bis Fuß in Schwarz. Sie streckte den rechten Arm aus und winkte dem aus der Felsspalte, zu ihr zu kommen. Der stieß einen wilden Schrei aus, riss sein Schwert nach oben, wollte sich auf die schwarze Gestalt stürzen - und lief genau in das ausgestreckte Schwert seines Gegners.

Die schwarze Gestalt wandte sich von den Kämpfern ab und sah zu Greg, der jetzt mit angelegter Armbrust am Rand der Lichtung stand. „Nun zu dir!“, rief sie ihm über die Lichtung hinweg zu. „Mach dem hier ein Ende - oder geh, und lass die Vergangenheit ruhen!“

Doch mit einem Mal kam ein tosender Sturm auf, fegte über die Lichtung und riss die beiden Kämpfer und die schwarze Gestalt einfach mit … ein schmetternder Schlag, und Greg machte die Augen auf. Er lag in seinem Bett im Zimmer des Gasthofs, und draußen heulte und pfiff es durch die Nacht. Ein Gewitter - jetzt, im Spätherbst?

Die Beleuchtung der Dorfstraße war wohl ausgefallen, und das Einzige, was Greg von seinem Bett aus in der Dunkelheit ausmachen konnte, war der schattenhafte Umriss des Fensters.

Er drehte sich zur Seite und machte die Augen wieder zu … und das Fenster zerbarst; Glasscherben und Holzsplitter regneten auf Greg in seinem Bett herab. Er fuhr hoch und schaute dahin, wo das zerborstene Fenster sein musste. Dort hockte irgendetwas in der dunklen Fensterhöhle, irgendetwas mit zwei glühend roten Augen, die Greg reglos anstarrten.

XII.

Gernot, Ruprecht und Konrad standen im Ausguck des Palas und schauten, über die Brüstung gelehnt, auf den Hohlweg im Bergwald hinunter. Dunkle Wolken hingen tief am Himmel, doch es regnete nicht.
„Da ziehen sie herauf", brummte Ruprecht und zupfte an seinem Bart. „Einer hinter dem anderen, wie die Ameisen. Nur dass Ameisen keine Donnerrohre ziehen."
Gernot nickte. „Und vorneweg die Oberameise. Schaut nur, wie er sich aufplustert auf seinem Ross und in seiner Rüstung, der Hauptmann Bart. Jede Rosslänge ein Befehl an die Unterführer. Was will er denn befehlen, der Speichellecker? Seine Männer können ohnehin nichts anderes tun als die Wagen mit den Rohren ziehen."
„Frieren werden sie nicht", meinte Konrad. „In voller Rüstung die Wagen an den Seilen ziehen – das macht Schweiß."
„Das sind aber auch zwei gewaltige Karren." Ruprecht deutete mit dem Zeigefinger. „Und die Rohre: Da ist eins be-

stimmt so lang wie ein Ross, und in die Mündung vorn kann ein Mann den Schädel hineinstecken."

Gernot lachte leise auf. „Seht nur die Geschützmeister, wie sie hin und her rennen und Steine aus dem Weg räumen. Die haben wohl mehr Angst um ihre kostbaren Rohre als um ihre Kinder."

„Jetzt kommen die Reiter und die Wagen mit den Steinkugeln und dem Pulver", sagte Ruprecht. „Warum lässt er die Reiter nicht absitzen, und die Wagen von den Rössern ziehen? Und wozu braucht er hier Reiter?"

„Hast du sie gezählt?", fragte Gernot.

„Den ersten Trupp, der die ersten Wagen zieht, ja - einhundertzwanzig. Beim zweiten Trupp werden's wohl genauso viele sein. Und obendrein die Reiter. Alles in allem wohl an die dreihundert Mann."

Gernot schüttelte den Kopf. „Da zieht der Dummkopf von Hauptmann kurz vor dem Winter mit fast dreihundert Leuten den Hohlweg herauf! Was denkt der sich, was das hier werden soll – eine offene Feldschlacht? Da unten am Felsen? Für eine Belagerung wären ihm hundert Mann genug gewesen."

Feldhauptmann Bart zügelte sein Ross, gab ein Handzeichen, und die beiden Trupps und die Reiter hielten an. Er winkte zwei der Unterführer zu sich und redete eine Weile auf die beiden ein. Die nickten immer wieder und kehrten dann zu ihren Männern zurück.

Feldhauptmann Bart trieb sein Ross wieder an und ritt weiter den steilen Hohlweg herauf.

„Der will uns wohl besuchen", meinte Gernot. „Will er, dass

ich ihm die Burg kampflos übergebe? Ich werfe ihn ins Loch und lasse ihn von den Ratten fressen ...“

„Aber nicht, wenn er als Unterhändler kommt!“, warnte Ruprecht.

„Es gibt nichts zu verhandeln zwischen uns, das habe ich ihm schon einmal erklärt. Aber gut, gehen wir hinunter, mein Alter, und hören wir uns an, was dein Unterhändler von uns will.“ Er wandte sich an Konrad. „Und du wirst ein Auge auf die Männer von diesem Unterhändler haben. Wenn sich der Haufen da unten auch nur einen Schritt bewegt, sagst du es mir.“

„Ja, Herr Gernot!“

Gernot und Ruprecht verließen den Ausguck und gingen zur Treppe, die in die unteren Stockwerke führte.

Gernot sah in den wolkenverhangenen Himmel. „Mögen Frost und Schnee den Hauptmann und seine Horden vertreiben!“

Ruprecht zuckte mit den Schultern. „Der Winter kommt - aber wann?“

„Warte du am Tor auf den Hauptmann, und bring ihn dann in den Saal. Der soll zu m i r kommen und bloß nicht denken, ich warte schon ungeduldig auf ihn.“

Wieder stand Gernot am mittleren der drei Fenster im Rittersaal. Er trug jetzt sein knielanges Kettenhemd, und an der linken Seite hing am Gurt das lange Zweihandschwert.

Es gab wohl im ganzen Herzogtum keinen ebenbürtigen Ritter, der es mit ihm und seinem Zweihänder hätte aufnehmen können. Nicht wenige Edle hatten schon auf ein Turnier

verzichtet, wenn bekannt geworden war, dass Gernot von Chamm seine Zusage gegeben hatte.
Eine Turnierregel verlangte nämlich, dass der Besiegte seinem Bezwinger die wertvolle Rüstung und oftmals noch Lösegeld für sich selbst zu übergeben hatte. Einem Gernot von Chamm gegenüberstehen hieß meist schwere Verwundungen oder gar den Tod – zumindest aber den Verlust der wertvollen Ausrüstung.
Die Tür zum Rittersaal wurde geöffnet, und Ruprecht trat ein, gefolgt von Feldhauptmann Bart. Der hatte seinen Helm abgenommen und trug ihn lässig in der Linken. Gernot sah, dass der Feldhauptmann sein Schwert über dem Kettenhemd an der Seite trug, genau wie er.
Feldhauptmann Bart blieb zwischen der Tür und der Tischreihe stehen und sah sich erst einmal in aller Ruhe im ganzen Saal um.
Ruprecht nickte Gernot zu, ging aus dem Saal und machte die Tür hinter sich zu.
Feldhauptmann Bart schien genug gesehen zu haben und blickte nun Gernot herausfordernd in die Augen. „Ich bin wieder hier, Ritter Gernot! Und ich bin nicht allein. Ich werde …“
„Ihr seid schneller wieder fort, als Ihr gekommen seid! Sagt, was Ihr zu sagen habt – aber macht es kurz, oder ich werfe Euch eigenhändig den Felsen hinunter. Fangt an!“
Der Feldhauptmann nickte. „Ihr gebt mir die fünftausend Gulden, die Ihr meinem Herrn schuldet – jetzt und hier. Danach ziehe ich noch zur Stunde mit meinen Männern wieder ab.“ Er legte die Rechte auf den Griff seines Schwertes. „Wenn Ihr Euch wieder weigert, werden wir die Burg an-

greifen - und Ihr habt mein Wort, dass ich nicht eher abziehen werde, als bis sie in Schutt und Asche liegt und Ihr mein Gefangener seid oder tot zu meinen Füßen liegt - war das kurz?"

Gernot nickte nur und runzelte die Stirn. Er hatte nichts anderes erwartet. Nur gab es da etwas, was ihm mehr Sorgen machte als die Drohungen des Feldhauptmanns: Ob der sich wohl am Dorf rächen und es zerstören würde, wenn er hier an der Burg scheitern sollte?

Befehl hin oder her, den er auszuführen hatte - dem ging es doch inzwischen um viel mehr. Hass, verletzte Ehre, verletzter Stolz, Eitelkeit ... Gernot konnte es geradezu in diesem verschlagenen Raubvogelgesicht lesen.

Der Raubvogel sollte also seinen ganzen Hass, seine ganze Kraft nur gegen die Burg richten. Das Dorf durfte ihm erst gar nicht in den Sinn kommen. Wenn überhaupt, dann gab es hier und jetzt nur eine winzige Aussicht, ihn so weit zu bringen ...

Warum starrte ihn sein unerwünschter Besucher an, als wartete er auf eine Antwort auf seine Unverschämtheiten?

Gernot nickte dem Feldhauptmann abermals zu, ging zur Tischreihe und blieb davor stehen.

Und dann ging alles sehr schnell ... Gernot neigte sich zur Seite, packte den schweren Eichentisch, der ihm am nächsten stand, riss ihn hoch und schleuderte ihn auf den Feldhauptmann. Der ließ seinen Helm fallen und versuchte, dem Tisch auszuweichen - aber er war nicht schnell genug. Der Tisch traf den Feldhauptmann mit der Kante an der rechten Schulter und riss ihn rücklings zu Boden, ehe er an der Wand neben der Tür zum Rittersaal zerbarst.

Gernot zog sein Schwert, ließ es ein paarmal durch die Luft fauchen und ging dann mit wenigen langen Schritten zu Feldhauptmann Bart, der noch immer auf dem Rücken lag und Gernot mit geweiteten Augen anstarrte.
Gernot setzte dem Feldhauptmann den rechten Fuß auf die Brust und drückte ihm die Spitze des Zweihänders an die Kehle.
„Ich habe ein Weilchen gebraucht mit meiner Antwort, Bart – verzeih. Mein Verwalter hat gemeint, du kommst als Unterhändler. Ein Unterhändler mit einem Schwert im Gurt…? Nein, habe ich gedacht, das kann doch nicht sein. Aber was bist du dann? Nur ein speichelleckender Knecht deines Herrn, der kein Recht auf freies Geleit hat, weil er ein Schwert trägt?" Gernot spie aus. „Ich kann dich jetzt erschlagen wie einen räudigen Hund, ohne dass ich gegen das Recht verstoße. Aber das bist du mir nicht wert – du bist kein Gegner." Er hob den Fuß von der Brust des Feldhauptmanns, steckte das Schwert zurück in den Gurt und trat ein paar Schritte zurück. „Und jetzt steh auf und troll dich, bevor ich es mir noch anders überlege."
Der Feldhauptmann kam so mühsam auf die Beine, als würde er eine Zentnerlast auf den Schultern tragen. Er zog sein Kettenhemd und den Schwertgurt zurecht, bückte sich und hob seinen Helm vom Boden auf.
Es klopfte an der Tür. „Ich bin's, Ruprecht …"
„Komm nur!", sagte Gernot laut. „Es gibt Arbeit."
Ruprecht kam in den Saal, ließ die Tür offen stehen, sah zuerst zu Feldhauptmann Bart, und entdeckte dann den zerborstenen Tisch neben der Tür. „Ich habe Lärm gehört …"

Gernot nickte ihm zu. „Der Dummkopf da hat nicht aufgepasst und ist gegen den Tisch gelaufen. Da, wo dieses Gesindel haust, haben sie wohl keine Tische. Schaff ihn mir aus den Augen, mein Alter, sonst läuft er aus Dummheit noch in mein Schwert."
Ohne eine Miene zu verziehen oder Gernot noch einmal anzusehen, drehte Feldhauptmann Bart sich um, eilte zur offenen Tür und verließ den Saal.
Ruprecht sah Gernot an, als wartete er auf ein paar erklärende Worte, zuckte dann aber mit den Schultern und folgte dem Feldhauptmann aus dem Saal.

Am späten Nachmittag desselben Tages standen Gernot und Ruprecht, über die Brüstung des Ausgucks gelehnt, wieder oben auf dem Palas. Konrad hatte zuvor gemeldet, Feldhauptmann Bart sei wieder bei seinen Männern. Der hatte wohl Befehl gegeben, sofort weiter zur Burg zu marschieren, denn jetzt wurde unten im Hohlweg wieder an den beiden Geschützwagen und an den Wagen mit den Kugeln und den Pulverfässern gezogen.
„Weit werden die heute nicht mehr kommen", meinte Ruprecht. „Der Weg ist zu steil und zu nass. Es wird bald dämmern, und sie werden die Nacht auf dem Weg und unter den Bäumen verbringen müssen."
Gernot nickte. „Vielleicht die letzte ruhige Nacht für uns. Und darum sind zwei Wachen genug: eine hier oben, und eine am Tor."
„Ob Bart Burg und Dorf zugleich angreift? Wenn er das vorhat, sieht es schlecht aus für uns. Beides können wir mit unseren paar Leuten nicht verteidigen."

Gernot lachte leise auf. „Mach den Dummkopf nicht gescheiter, als er ist! Hast du die Nachhut der zweiten Truppe gesehen? Nicht einer ist zurückgeblieben. Nein, mein Alter, der Kerl ist so voller Hass auf mich, der will nur die Burg – und meinen Tod. Er wird jeden Mann einsetzen, um mich zu kriegen. Warum, glaubst du, habe ich im Saal das kleine Schauspiel mit ihm aufgeführt?"
Ruprecht warf Gernot einen Seitenblick zu. „Jetzt begreife ich das … Ihr habt seinen Hass auf Euch gezogen, damit er erst gar nicht an das Dorf denkt!"
„Wir könnten durch die Stollen ins Dorf, zuschlagen und wieder verschwinden – aber wir haben auch die Burg, die wir verteidigen müssen. Wie man's auch dreht und wendet: Wir sind zu wenige." Gernot legte die Stirn in Falten. „Der Narr hatte sein Schwert um, als er mit mir verhandeln wollte. Du hast mich davor gewarnt, ihn ins Loch zu werfen, wenn er denn als Unterhändler kommt. Nun, ich habe auf dich gehört …"
Über Ruprechts Gesicht zog ein Grinsen. „Was seid Ihr doch für ein verschlagener Kerl – von mir habt Ihr das nicht!"
„Wo ist die Hexe?"
„Verschwunden – wie so oft."
„Wenn du sie siehst – sie soll zu mir in den Saal kommen."
Bis tief in die Nacht hockte Gernot in seinem Faltstuhl im Rittersaal und grübelte. Ein paar Fackeln an der Wand spendeten spärliches Licht, aber keine Wärme. Doch Gernot spürte die Kälte nicht.
Gundrun war wie vom Erdboden verschluckt, und so hatte er Ruprecht angewiesen, sich nicht weiter um sie zu kümmern, sondern die Wachen für die Nacht einzuteilen.

Die verfluchte Hexe - wie machte sie das nur? Wo ging sie hin, und auf welchen Wegen? Und warum ging sie so oft fort? Aber ganz gleich: Sie würde mithelfen müssen, die Burg zu verteidigen wie alle anderen auch, die auf der Burg lebten …

Hatte da gerade jemand gelacht? Gernot hielt den Atem an und lauschte. Doch, da hatte jemand gelacht, ganz sicher. Und da - da war es schon wieder, wie von weit her. Ein hämisches, ein krächzendes Lachen, wie von irgendwo da draußen in der Dunkelheit …

XIII.

Die restliche Nacht hatte Gernot keinen Schlaf mehr gefunden. Beim ersten Dämmerlicht löschte er die Fackeln, verließ den Saal und machte sich über die Treppe hinauf auf den Weg in den Ausguck.

„Gottfried.“ Gernot trat neben den Wächter an die Brüstung und schaute auf den Hohlweg hinunter.

„Die haben schon angefangen, die Geschütze weiter heraufzuziehen, Herr Gernot. Der Hauptmann ist allein den Weg heraufgeritten und treibt sich irgendwo da unten im Wald herum. Vielleicht will er gutes Gelände für die Geschütze suchen.“

„Wie lange stehst du schon hier?“

„Seit Mitternacht.“

Gernot legte Gottfried die Rechte auf die Schulter. „Du kommst mit mir. Ruprecht wird eine Ablösung für dich schicken.“

Sie verließen den Ausguck, stiegen die Treppe hinunter und gingen in den Burghof. Nach und nach kamen die Männer der Burg aus ihren Schlafquartieren und sammelten sich

um Gernot und Gottfried. Alle waren mit schweren Kettenhemden und breitrandigen Helmen gerüstet.
Ruprecht stieg über die Leiter von einem der neuen Palisadenwehrgänge herunter und trat zu ihnen. Auch er trug jetzt Kettenhemd und Helm.
Gernot wandte sich an ihn. „Schick einen Mann für Gottfried nach oben. Und am Tor werden ab jetzt zwei stehen. Wir sind bereit, aber es hat noch keine Eile. Wir müssen einfach warten, bis die ihre Rohre in Stellung gebracht haben. Dann wissen wir, was wir zu tun haben."
Gernot und Ruprecht standen auf den südlichen Palisadenwehrgang und blickten durch zwei der Schießscharten nach unten.
„Da ist er", sagte Ruprecht. Feldhauptmann Bart ging in voller Rüstung über die kleine Lichtung am Fuß des Burgfelsens zum südlichen Waldrand. Den Helm hatte er abgenommen, und seine langen Haare wehten im Wind. Am Waldrand blieb er einen Augenblick lang stehen, sah zur Burg herauf, wandte sich wieder ab und schien nun das Gelände und den Waldrand vor sich zu betrachten.
„Ein gut geschossener Armbrustpfeil – das wär's…" murmelte Ruprecht.
Der Feldhauptmann zog ein Messer aus dem Gurt und fing an, Markierungen in die Rinde der her[illegible]en Bäume zu ritzen.
Gernot nickte. „Er hat wohl gefunden, was er gesucht hat."
„Also da will er seine Rohre in Stellung bringen", vermutete Ruprecht. „Er wird die Bäume fällen lassen, um von Weitem freie Schussbahn auf die Burg zu haben. Aber das wird dauern."

„Er kann sie aber nur dort aufstellen. Das übrige Gelände ist viel zu steil – die Rohre würden nach dem ersten Schuss bis ins Tal geschleudert."
Sie sahen dem Feldhauptmann zu, bis er den letzten Baum markiert hatte. Er steckte sein Messer in den Gurt zurück und verschwand dann im Wald zum Hohlweg hin.
Ruprecht schüttelte den Kopf. „Wenn sie alle Bäume fällen, die der markiert hat, steht da unten nicht mehr viel."

Die nächsten Tage konnten die Burgleute nichts anderes tun als warten und beobachten, was unten am Fuß des Burgfelsens vor sich ging.
Noch am selben Tag, an dem der Feldhauptmann die Bäume markiert hatte, kam ein Trupp von etwa dreißig Mann den Hohlweg herauf, ausgerüstet mit Äxten und Sägen, und sie fingen an, die markierten Bäume zu fällen.
Eine Gruppe aus zehn Armbrustschützen hatte hinter den Bäumen, die nicht gefällt wurden, Stellung bezogen, um die Arbeiter vor Angriffen zu schützen.
Die Stämme wurden alle gleich lang geschnitten, und die Männer bauten daraus auf der nun größeren Lichtung mannshohe Schutzwände mit schmalen Durchlässen zwischen den einzelnen Wänden.

Tief hängende graue Wolken zogen rasch über den Himmel, und von den Bergen her wehte ein kalter, stürmischer Wind. Und wieder standen Gernot und Ruprecht, mit Armbrust, Kettenhemd und Helm gerüstet, auf dem südlichen Palisadenwehrgang und beobachteten das hektische Treiben

unten auf der Lichtung. Im Burghof warteten schon zehn der Männer kampfbereit auf einen Befehl.
Die beiden Geschütze standen jetzt ein Stück weit voneinander entfernt je in einem Durchlass zweier Schutzwände, sodass sie freies Schussfeld auf die Burg haben würden. Die Wagen mit den Kugeln und den Pulverfässern hatte man auf die Lichtung hinter den Schutzwänden und den neu entstandenem Waldrand gestellt.
Die Geschützmeister hatten soeben zusammen mit ihren Helfern die beiden Rohre mit den ersten Kugeln geladen. Jetzt standen sie vor und hinter den Schutzwänden und warteten wohl auf einen Befehl.
„Die fühlen sich ja sehr sicher da unten", brummte Ruprecht und zupfte an seinem Bart. „Als sie die Bäume gefällt haben, waren wenigstens noch ein paar Schützen zu ihrer Verteidigung da. Was meint Ihr, Gernot, gehen wir auf Hasenjagd? Zeigen wir ihnen, dass es uns noch gibt?"
Gernot runzelte die Stirn. Ruprecht hatte recht: Die Geschützmeister und ihre Helfer standen einfach nur da, andere eilten jetzt geschäftig hin und her, als ob es nur darum gehen würde, eine schon verlassene Burg mittels den Geschützen dem Erdboden gleichzumachen.
„Zwölf Armbrustpfeile – zwölf Feinde weniger …?"
Ruprecht nickte. „Genau das."
Gernot drehte sich um und winkte den Männern im Burghof, mit ihren Armbrüsten auf den Wehrgang zu kommen. Sodann ließ er sie der Reihe nach an den Schießscharten aufstellen. Zuletzt stellten er und Ruprecht sich ebenfalls

vor je eine der Schießscharten, die Armbrüste gespannt. Ruprecht schüttelte den Kopf. „Die sehen nicht einmal zu uns herauf!"

„Meckere nicht – ist doch gut für uns." Gernot sah zur Seite zu den Männern. „Jeder nimmt einen aufs Korn. Gottfried, du stehst ganz links; du nimmst den, der ganz links am linken Geschütz steht. Und so der Reihe nach weiter bis zu mir. Bei mir ist es der dicke Geschützmeister. Auf meinen Befehl."

Für die Männer des Feldhauptmanns schien es die Burg und ihre Krieger in der Tat nicht mehr zu geben. Der dicke Geschützmeister, vor der Mündung seines Geschützes stehend, unterhielt sich laut mit seinen Helfern – keiner von ihnen blickte auch nur einmal zur Burg herauf.

„Jetzt – schießt!"

Die zwölf Armbrustpfeile trafen alle ihr Ziel. Die Getroffenen wankten, fielen auf die Erde, und ihre Schreie gellten durch die Luft. Der Geschützmeister, auf den Gernot gezielt hatte, war mitten in die Brust getroffen worden. Noch lehnte er mit dem Rücken halb an der Mündung des Geschützes, doch jetzt rutschte er langsam zu Boden.

Die übrigen Männer des Feldhauptmanns suchten nun eiligst Deckung hinter den Schutzwänden, Befehle wurden gerufen, geschrien. Doch keiner wollte sich wohl um die Gefallenen kümmern, die vor den Schutzwänden auf der Erde lagen, und deren Schreie inzwischen verstummt waren.

„Jetzt wissen sie, dass wir noch da sind", sagte Gernot laut. „Macht eure Waffen wieder bereit. Unsere Pfeile tragen weit genug."

Noch immer konnten Gernot und seine Leute die Männer des Feldhauptmanns hinter den Schutzwänden rufen und schreien hören – sehen ließ sich aber keiner mehr von ihnen. Dann tauchten plötzlich doch noch zwei von ihnen hinter der rechten Schutzwand auf. Sie sahen kurz zur Burg herauf und rannten dann Hals über Kopf über die Lichtung in den Wald am Hohlweg, wo sie zwischen den Bäumen verschwanden. Über Ruprechts Gesicht zog ein Grinsen. „Als ob der Teufel hinter ihnen her wäre ... Die werden dem Hauptmann jetzt erzählen, was sie hier erlebt haben – und der wird sich freuen! Vor denen haben wir erst einmal Ruhe."

„Aber nicht lange", erwiderte Gernot. „Der Angriff mit den Rohren fängt später an – aber er fängt an."
„Und jetzt?"
„Ich sehe nach den Wachposten. Ihr bleibt hier, und du schaust nach den Geschützen. Wenn sie ihre Toten holen wollen, lasst ihr sie. Ansonsten schießt ihr auf alles, was sich da unten bewegt."

Gernot trat zu den Wächtern im Ausguck, die, über die Brüstung gebeugt, ins Tal hinunterblickten und sich unterhielten.
„Seht ihr etwas?"
„Nicht viel, Herr", meinte der eine, Konrad. „Ab und zu blinkt etwas zwischen den Bäumen um den Felsen herum, so wie von Rüstungen oder Waffen."
„Ein Belagerungsring. Aber von dem haben wir im Augenblick nichts zu befürchten. Und einen Angriff über die Treppe herauf zum Tor werden sie auch nicht wagen. Der Haupt-

mann kennt den Weg und weiß, dass es töricht wäre. Seid trotzdem auf der Hut."
Er verließ den Ausguck wieder und machte sich auf den Weg zurück in den Burghof.
Vor der Tür vom Palas in den Burghof stand Gundrun und stellte sich Gernot in den Weg. „Macht es Freude, Krieger zu töten, die noch gar nicht kampfbereit sind?", fragte sie leise und sah ihm in die Augen.
Gernot trat näher vor sie hin und schaute auf sie herab. Jetzt – jetzt wäre der Augenblick, ihr den dürren Hals umzudrehen …
„Raubt dir das Alter den Verstand?" herrschte er sie an. Und er spürte, wie da etwas seine Kehle heraufkroch, etwas ganz Bitteres, und dieses Bittere würde sicher nicht in seiner Kehle bleiben – nein, diesmal nicht! „Diese Krieger, die noch gar nicht kampfbereit waren, haben da unten gerade ihre Rohre geladen, mit denen sie meine Burg zerstören wollen! Und ich soll ihnen einfach dabei zusehen – ist es das, was du willst?"
Doch Gundrun sah ihn nur stumm an.
Warum sagte sie nichts mehr? Und warum schaffte sie es immer und immer wieder, in dermaßen wütend zu machen? Er wollte sie jetzt nicht mehr sehen, und er wollte nicht mehr mit ihr reden!
Gundrun löste den Blick von Gernots Gesicht und sah auf seine Hände, wie er sie zu Fäusten ballte – und das war ihr Fehler, denn Gernots geballte Rechte traf sie unvermittelt in die Magengrube.
Der Faustschlag schleuderte sie an die Wand links neben der Tür, wo sie dann mit dem Rücken an der Wand langsam zu Boden glitt.

Gernot riss die Tür auf und stürzte hinaus in den Burghof. Gundrun drehte ihr Gesicht zur Seite und starrte auf die offene Tür, durch die Gernot soeben verschwunden war. Warum nur durfte sie ihre wahre Natur noch nicht so leben, wie sie sie hätte leben können - warum nicht?

„Dafür wirst du bezahlen, Gernot“, flüsterte sie heiser. „Jetzt bist d u es, der in m e i n e r Schuld steht - und du wirst sie begleichen. Das schwöre ich.“

XIV.

Mit bleichem Gesicht hatte Feldhauptmann Bart den beiden Boten zugehört, die ihm vom Angriff der Burgleute auf die Geschützstellungen berichtet hatten.
„Ich sollte euch allen den Schädel abschlagen und jeden einzelnen auf eine Lanze aufspießen …", murmelte er leise, dann brüllte er plötzlich los: „Was seid ihr nur für Kerle? Geht mir aus den Augen, ihr Kreaturen, oder ich prügle euch den ganzen Weg bis hinauf zu der verfluchten Burg! Bringt mir meinen Gaul!"

Feldhauptmann Bart trieb sein Ross den steilen, steinigen Hohlweg hinauf, zügelte das schweißgebadete Tier hinter einer der Schutzwände auf der Lichtung und schwang sich aus dem Sattel.
Warum feuerten die verfluchten Rohre noch nicht auf diese gottverdammte Burg? Warum versteckten sich seine Männer wie Feiglinge hinter diesen Holzwänden? Wie sollte er mit

diesen Memmen jemals diesen dreimal verfluchten Gernot von seinem Felsen herunterholen und ihm mit dem Schwert das Herz durchbohren?

„Unterführer!“

Aus der Gruppe hinter der linken Schutzwand löste sich ein noch sehr junger, sehr schlanker Mann mit kurzen blonden Haaren. Er hatte sichtlich Mühe mit seinem schweren Kettenhemd, als er jetzt mit zögernden Schritten und gesenktem Blick zu Feldhauptmann Bart ging.

„Du führst diesen Haufen?“

Der Unterführer nickte nur, den Blick immer noch gesenkt. Feldhauptmann Bart holte kurz aus und schlug ihm die geballte Rechte ins Gesicht. Der Unterführer drehte sich einmal um die eigene Achse und stürzte wie ein gefällter Baum zu Boden. Feldhauptmann Bart stieß ihm den rechten Stiefel in die Seite. Der Unterführer stöhnte leise auf und sah mit weit aufgerissenen Augen zu seinem Feldhauptmann hoch.

„Habe ich befohlen, dass ihr euch abschlachten lasst wie aufgescheuchte Hühner?“, herrschte ihn der Feldhauptmann an. „Nein, du Missgeburt, ich habe befohlen, die Geschütze feuerbereit zu machen und dann die Burg anzugreifen!“ Und wieder trat der Feldhauptmann mit dem Stiefel zu. „Was ist mit deinen Männern, die da draußen liegen? Sind sie tot?“

„Herr …?“

„Ob sie tot sind, will ich wissen!“

„Ja …“

„Ah … und woher weißt du das? Du warst bei ihnen?“

Dem Unterführer liefen die Tränen über die Wangen. „Nein, Herr, noch nicht ... ich habe gedacht ... wenn sie wieder schießen ...“
Der Feldhauptmann beugte sich über den Unterführer, packte ihn mit beiden Händen am Kettenhemd und riss ihn hoch. „Ich kenne dich, du schöner Günstling des Herzogs“, sagte er leise. „Aber das hilft dir hier nicht - raus mit dir zu denen, die da draußen auf der kalten Erde liegen.“ Er stieß den Unterführer von sich. „Du musst nicht gehen. Nur: Ich werde dir auf der Stelle mein Schwert in die Gedärme stoßen und es dann dreimal umdrehen, wenn du nicht gehorchst.“

Der Unterführer und zehn seiner Leute hatten die Gefallenen von der anderen Seite der Schutzwände geborgen und sie neben dem Wagen mit den Pulverfässern nebeneinander auf die Erde gelegt.
Von der Burg oben hatte sie niemand behelligt.
Jetzt standen sie alle ein wenig unsicher und verlegen um die Toten herum. Feldhauptmann Bart ging von einem Toten zum anderen, untersuchte die Kettenhemden, die Wunden und die Armbrustpfeile, die in ihnen steckten. Was hatte dieser Teufel da oben doch für ausgezeichnete Schützen! Jeder dieser Pfeile hatte die Kettenhemden glatt durchschlagen und war tödlich gewesen.
Als er den letzten der Toten untersucht hatte, richtete er sich auf, und sein Blick wanderte von einem Mann zum anderen. „Seht sie euch genau an - die, die da tot vor euch liegen! Ihr werdet genauso daliegen wie die, wenn ihr euch diesem Gesindel weiter als lebende Zielscheibe anbietet!“ Er warf dem

Unterführer, der hinter zweien seiner Männer stand, einen finsteren Blick zu. „Begrabt sie im Schutz der Nacht.“ Feldhauptmann Bart räusperte sich und sprach ein kurzes Gebet für die Toten.
Danach wies er die Männer an, im Schutz des angrenzenden Waldes aus den Ästen und Zweigen der gefällten Bäume große tragbare Schutzschilde gegen die Pfeile der Burgleute zu fertigen. Diese Schilde würden beim Laden der Rohre von den Geschützhelfern vor die Mündung gestellt und festgehalten werden. Waren die Geschütze geladen, konnten die Schilde wieder hinter die Schutzwände getragen werden.
Am späten Nachmittag meldete einer der Geschützmeister dem Feldhauptmann, dass die Rohre nun ausgerichtet und feuerbereit seien. „Beide Kugeln werden immer an ein und derselben Stelle im Burgfelsen einschlagen. Kein Gestein, auch nicht das härteste, kann einem Beschuss an immer ein und derselben Stelle auf Dauer standhalten.“
Feldhauptmann Bart nickte zufrieden. „Worauf wartet ihr noch? Fangt an – schießt diesen verfluchten Felsen in tausend Stücke!“

Wieder stand Gernot zusammen mit Ruprecht und den zehn Männern, die beim Angriff dabei gewesen waren, auf dem südlichen Palisadenwehrgang. Alle hatten ihre Armbrust schussbereit in den Händen.
„Es ist so weit“, sagte Gernot. „Sie schleppen ihre neuen Astschilde hinter die Schutzwände – und danach werden sie das Pulver zünden. Sie haben etwas gelernt, Ruprecht. Auch die Geschützmeister tauchen nicht mehr hinter den seltsa-

men Schilden auf." Er blickte zur Seite, wo seine Männer durch die Schießscharten auf die Lichtung sahen. „Geht in Deckung, Leute. Gleich wird's einen ordentlichen Knall geben."

Die Männer nickten und setzten sich wie Gernot und Ruprecht auf die Bohlen des Wehrgangs.

Und sie mussten nicht lange warten – die Ladungen der beiden Geschütze detonierten fast gleichzeitig. Dann rauschte und pfiff etwas durch die Luft heran wie ein rasend schnell anwachsender, tosender Sturm, lauter und lauter – und die beiden Kugeln schlugen ein Stück weit unter dem südlichen Palisadenwehrgang in den Burgfelsen ein. Einen Augenblick lang bebte der ganze Fels, das Gebälk des Wehrgangs knirschte und ächzte, und Gernot und seine Männer konnten Felsbrocken dumpf zu Tal donnern hören.

Ruprecht stand auf und schüttelte sich. „Ich hab's gewusst: Sie kommen nicht herauf mit ihren verdammten Kugeln!"

Auch Gernot und die anderen standen auf und sahen durch die Schießscharten wieder auf die Lichtung hinunter.

„Seht nur – sie wollen die Rohre gleich wieder laden!", sagte Gernot nach einer Weile. „Haben die nicht gemerkt, dass sie uns mit ihren Kugeln nicht erreichen? Warum zum Teufel vergeuden die ihr Pulver?"

Es dämmerte schon, als die beiden Geschütze abermals losdonnerten. Und wieder schlugen die Kugeln unterhalb des südlichen Palisadenwehrgangs ein, wieder erbebte der ganze Felsen, und wieder polterten große Felsbrocken zu Tal. Doch es sollte der letzte Geschützdonner sein für diesen Tag. Mit Einbruch der Nacht kehrte Ruhe ein auf der Lichtung am Fuß des Burgfelsens. Im Hohlweg, nahe dem Waldrand und in sicherem Abstand zur Burg, wurden Lagerfeuer angezündet. An den Geschützen bezogen Wachposten Stellung. Gernot und Ruprecht teilten die Wachen für die Nacht ein und zogen sich zur Nachtruhe zurück. Doch es sollte eine kurze Nacht werden. Gleich beim ersten Morgenlicht donnerten die Geschütze schon wieder los und rissen Gernot auf seinem Nachtlager im Rittersaal aus dem Schlaf. Er warf das Kettenhemd über, gürtete sein Schwert, nahm die Armbrust und hastete in den Burghof. Dunkle Wolken zogen über den Himmel, es war kalt, und es regnete.

Ruprecht und die anderen standen bereits an den Schießscharten auf dem Palisadenwehrgang und sahen hinunter.

Gernot stieg auf den Palisadenwehrgang und trat zu Ruprecht.

„Ich lege meine Armbrust in die Kammer", knurrte Ruprecht und zupfte wütend an seinem Bart. „Dann wird sie wenigstens nicht nass. Die da unten kommen hinter ihren sonderbaren Astschilden nicht mehr hervor – nicht ein Arsch, auf den sich zielen lässt."

Gernot sah durch eine der Schießscharten hinunter. „Haben sie wieder auf die gleiche Stelle geschossen?"

Ruprecht nickte. „Ich hoffe nur, der Hauptmann hat nicht das vor, was ich denke."

„Denken wir das Gleiche …?"

„Die Burg kann er mit seinen Kugeln nicht treffen – das weiß er. Also schießt er gegen den Felsen, immer auf die gleiche Stelle. Und bei jedem Mal fliegt ein Teil von dem, worauf unsere Burg steht, in großen Brocken auf die Lichtung hinunter."

Gernot legte die Stirn in Falten. „Und wenn er die letzte Kugel verschossen hat, ist der Felsen in Trümmern, und die Burg und wir liegen unten zu seinen Füßen." Er warf einen Seitenblick auf Ruprecht. „Wir müssen ihn daran hindern, dass er seine Kugeln weiter gegen den Felsen schießt, mein Alter. Und ich weiß auch schon, wie. Wenn das gelingt, wird es unserem Hauptmann nicht behagen."

Ruprecht verzog die Mundwinkel. „Eurem Gesicht nach wird es mir auch nicht behagen. Was habt Ihr vor? Sollen wir darum betteln, dass er vorbeischießt?"

Gernot schüttelte den Kopf. „Nein, er darf gar nicht mehr schießen. Betteln werden wir nicht - wir werden seine verfluchten Rohre zerstören."

Ruprechts Augen weiteten sich. „Ich habe gewusst, es wird mir nicht behagen. Wie zum Teufel wollt Ihr das anstellen?"

Gernot deutete mit dem Daumen zu der Schießscharte hinter sich.

„Mit dem ganzen Pulver aus den Fässern, die neben den Rohren stehen. Nach Mitternacht werden wir durch den kurzen Stollen gehen, der unten am Strauchwerk hinausführt, und uns dann über die Lichtung zu den Rohren schleichen. Das ist gar nicht so weit vom Stollen weg."

„Und die Wachen?", fragte Ruprecht und schüttelte den Kopf. „Letzte Nacht waren es zwei an jedem Geschütz. Vielleicht waren es auch mehr, oder vielleicht waren auch noch ein paar auf der Lichtung. Aber die zwei an den Geschützen habe ich sehen können, weil sie ein Lagerfeuer hatten."

„Ich brauche drei Männer, die mit dem Messer umgehen können. Die Wachen an den Geschützen müssen wir ohne

einen Laut erledigen", erklärte Gernot. „Danach werden wir alles Pulver, das da in den Fässern ist, in die Rohre und unter die Geschützwagen schütten und anzünden. Das muss reichen, um diese verfluchten Rohre für immer verstummen zu lassen."

„Hört auf zu träumen ...", murmelte Ruprecht.

„Fällt dir etwas Besseres ein?"

Ruprecht schüttelte nur stumm den Kopf.

Gernot legte ihm die Rechte auf die Schulter. „Es muss heute Nacht sein - gebe Gott, dass der Felsen bis dahin den Kugeln standhält! Aber ab morgen muss das ein Ende haben, oder wir liegen alle da unten wie faule Äpfel."

Am späten Nachmittag berichtete einer der Männer Gernot von einem großen Riss im Mauerwerk nahe dem Palas. Und die Bohlen des südlichen Palisadenwehrgangs knarzten und ächzten bei jedem Schritt.

Doch den ganzen Tag über luden die Männer des Feldhauptmanns die Geschütze und feuerten sie ab. Aber das war eine umständliche und mühevolle Arbeit, und so krachten bis zur Abenddämmerung nicht mehr als zehn Kugeln aus jedem Geschütz gegen den Burgfelsen.

Nach Einbruch der Nacht versammelte Gernot die acht Männer, die nicht Wache standen, im Burghof.

Ruprecht kam vom südlichen Palisadenwehrgang und trat zu ihnen. „Der Wehrgang hält nicht mehr lange." Er sah Gernot an. „Sie haben zwei Wachen für die zwei Geschütze, und die haben ein Lagerfeuer hinter der linken Schutzwand. Der Rest der Männer ist wieder unten am Hohlweg an den Feuern."

Gernot nickte. „Das Lagerfeuer hinter der Schutzwand können wir brauchen." Er sah seine Leute der Reihe nach an. „Drei von euch werden mit mir zu den Geschützen hinuntergehen. Drei, die geschickt sind mit dem Messer. Wir werden zuerst die Wachen töten, und dann die Rohre mit dem Pulver zerstören. Wenn das geschehen ist, heißt es rennen, so schnell jeder nur kann. Wer kommt mit?"
Die Männer drängten allesamt heran und umringten Gernot. Über Gernots Gesicht zog ein Grinsen. „Drei, habe ich gesagt – nicht ein ganzes Heer!"
„Einer von den dreien werde ich sein", sagte Ruprecht laut. „Und versucht ja nicht, mir zu widersprechen!"
Gernot sah ihn an und runzelte die Stirn. Doch dann nickte er. „Aber nur, weil keiner so gut mit dem Messer umgehen kann wie du. Auch du wirst rennen müssen, mein Alter, wenn die Arbeit getan ist – um dein Leben rennen."
„Ihr habt mich noch nicht rennen sehen …", brummte Ruprecht und zupfte an seinem Bart.
Die beiden anderen, die mitgehen sollten, waren der junge Konrad und Ulrich, ein kräftiger, untersetzter Mann, der nur wenige Jahre älter war als Gernot.
„Legt euch bis Mitternacht schlafen", sagte Gernot. „Wir müssen ausgeruht sein, wenn wir da hinuntergehen. Der Regen hat aufgehört - hoffentlich kommt er nicht wieder."

Kurz nach Mitternacht kamen die vier Männer im Burghof zusammen, jeder mit einer brennenden Fackel in der Rechten. Sie trugen schwarze Kleidung, und Ruprecht hatte einen Topf mit Ruß mitgebracht, mit dem sie nun ihre Gesichter schwärzten.

Gernot sah kurz zum Himmel. „Es regnet nicht – gut so." Dann sah er die drei der Reihe nach an. „Bereit?"
Konrad nickte ihm zu, legte die Rechte auf den Knauf seines Messers im Gürtel und bleckte seine prächtigen Zähne. „Ja Herr – zeigen wir ihnen, wie man Feuer macht."
Sie gingen in den Palas, und Gernot öffnete die wuchtige Bohlentür im Mauerwerk unter der Treppe zum Rittersaal. In einer Wandhalterung rechts neben der Tür steckte ein ganzer Arm voll unbenutzter Fackeln.
Gernot zeigte auf die Fackeln. „Jeder nimmt sich eine für den Rückweg. Wenn wir unten sind, müssen wir ohne Licht auskommen – es kann uns verraten, wenn wir den Ausgang freigelegt haben. Los jetzt!"
Er trat durch den Türstock und zog Kopf und Schultern ein, um sich nicht an der grob aus dem Fels gehauenen Decke des engen Stollens zu stoßen. Die brennende Fackel vor sich haltend, stieg er die steile Felstreppe hinunter, gefolgt von den drei anderen. Nach wohl einem Dutzend Stufen kamen sie zu zwei weiteren Stollen, von denen einer linker Hand hinunter ins Dorf führte und der andere rechter Hand weiter hinauf ins Gebirge.
Gernot stieg geradeaus weiter hinunter, die anderen dicht hinter ihm.
„Wir sind da", sagte Gernot nach einer Weile und blieb dann vor einem Haufen großer, aufgeschichteter Steine stehen, die den weiteren Weg versperrten. Der Stollen war hier am Ende breiter als bisher. Ruprecht, Konrad und Ulrich schlossen zu Gernot auf und leuchteten mit ihren Fackeln.

„Wir müssen die Steine wegräumen und an den Wänden links und rechts aufschichten", wandte sich Gernot an Konrad und Ulrich, die den Stollen nicht kannten. „Danach können wir durch ein enges Loch hinauskriechen und haben dann das Strauchwerk auf der anderen Seite der Lichtung vor uns."

„Wenn ich nicht mehr durch das Loch passe, ist es noch enger geworden", knurrte Ruprecht.

Gernot nickte ihm zu. „Konrad, Ulrich, wir räumen die Steine weg. Ruprecht, du leuchtest uns, bis das Loch zu sehen ist, dann machst auch du die Fackel aus."

Die drei löschten ihre Fackeln und fingen an, die Steine an den Stollenwänden aufzuschichten. Als nur noch wenige Steine übrig waren, bedeutete Gernot Ruprecht, er solle seine Fackel löschen.

„Ich krieche als Erster hinaus", murmelte Gernot und schob die restlichen Steine zur Seite. „Gebt Acht, dass ihr keine Äste und Zweige abbrecht, wenn ihr draußen seid – das könnte uns verraten. Ruprecht, Ulrich, ihr kümmert euch als Erstes um die zwei Wachen an den Geschützen. Ich will keinen Laut hören von denen! Wenn ihr sie erledigt habt, zieht ihr sie vom Feuer weg."

„Und ich, Herr?", fragte Konrad.

„Du bleibst bei mir. Du wirst ein Auge auf das Lager des Hauptmanns im Hohlweg haben. Wenn die Wachen erledigt sind, werden wir das Pulver in die Rohre schütten. Es reicht nicht, Pulver nur unter die Geschützwagen zu streuen, um die Rohre zu zerstören."

„Und wir werden Lumpen in die Rohre stopfen, bis zum Boden heraushängen lassen und von da eine Pulver-

spur zum Buschwerk hin streuen“, fügte Ruprecht hinzu.
Gernot nickte. „Wenn das Pulver brennt, müssen wir rennen und zusehen, dass wir wieder in den Stollen hier kommen.“
„Wir haben keine Lumpen für die Rohre, Herr“, wandte Konrad ein.
„Ruprecht, Ulrich, wenn ihr die Wachen erledigt habt, nehmt euch von denen, was ihr kriegen könnt: schneidet ein Stück vom Beinkleid oder von den Ärmeln ab – ganz gleich, was.“
Gernot legte sich bäuchlings auf den Felsboden und schob sich durch das enge Loch. Als er nach ein paar Metern ins Freie kam, hockte er sich im Schutz des Strauchwerks neben dem Loch an die Felswand. Ruprecht, Konrad und Ulrich folgten und hockten sich ebenso wie Gernot an die Felswand.
Ulrich spähte durch das Buschwerk hindurch. „Die Wachen sitzen mit dem Rücken zu uns am Feuer“, flüsterte er den anderen zu.
„Dann wird's leichter ...“ murmelte Ruprecht.
„Nun denn“, flüsterte Gernot. „Macht sie fertig.“
Ruprecht und Ulrich zogen ihre langen Messer, nahmen sie zwischen die Zähne und krochen lautlos auf allen vieren durch das Strauchwerk.
Gernot und Konrad spähten hinter ihnen her, bis sie die beiden nur noch als zwei dunkle, geräuschlose Schatten erkennen konnten.
„Jetzt wir, Konrad“, flüsterte Gernot, ohne Ruprecht und Ulrich aus den Augen zu lassen. Sie krochen durch das Strauchwerk hinaus und bewegten sich wie Ruprecht und Ulrich auf allen vieren zu den Geschützen hin.

Ruprecht und Ulrich näherten sich den beiden Wachposten. Die Wachposten redeten leise miteinander und starrten in das Lagerfeuer vor sich – offenbar ohne die zwei lautlosen Schatten zu bemerken, die sich jetzt dicht hinter ihnen aufrichteten.
Gernot hielt den Atem an. Wenn einer der beiden Wachposten sich jetzt umdrehte und die zwei Schatten bemerkte, war alles verloren.
Gleichzeitig beugten sich die Schatten von hinten über die Wachposten – und im nächsten Augenblick zogen sie die Wachposten lautlos aus dem Schein des Lagerfeuers in die Dunkelheit.
Gernot richtete sich auf. „Du gehst an das andere Geschütz, Konrad, wartest dort und schaust nach dem Lager des Hauptmanns."
Ruprecht und Ulrich traten in den Schein des Lagerfeuers, und als Gernot zu ihnen stieß, sah er, dass jeder der beiden ein längliches Stück Stoff in der Rechten hatte.
„Die Wächter haben nichts gemerkt", murmelte Ruprecht und hielt Gernot sein Stück Stoff hin. „Dafür haben sie uns das gegeben."
Gernot nahm den Stoff an sich und sah sich um. Hinter den Schutzwänden zu beiden Seiten des Geschützwagens standen die Pulverfässer, und daneben lagen die Kugeln, die noch nicht verschossen waren. „Zieht die Spunde aus den Fässern und schüttet von dem Pulver soviel wie möglich in das Rohr. Den Rest verteilt ihr unter den Wagen und streut die Pulverspur. Ich werde mit Konrad das Gleiche am anderen Geschütz machen."

Gernot eilte mit langen Schritten zu Konrad an das zweite Geschütz zur Talseite hin. Auch hier standen die Pulverfässer und lagen die Kugeln neben dem Geschützwagen.
„Die schlafen alle da unten im Lager", flüsterte Konrad. „Zwei von ihnen haben Wache, aber die lehnen an einem Baum und sind wohl eingeschlafen. Die stören uns nicht."
„Gut – und wir beide füttern jetzt dieses Ungetüm da mit Pulver."
Sie zogen den Spund aus den Fässern. Dann hob Gernot eines der Fässer in die Höhe und kippte das schwarze Pulver in die gewaltige Mündung des Rohres. „Verteil du das Zeug unter dem Wagen, Konrad, dann ist …"
„Wer seid ihr? Was habt ihr hier zu schaffen?"
Gernot ließ das Fass fallen, und er und Konrad fuhren auf dem Absatz herum. Keine zehn Schritte vor ihnen stand, mit Helm, Kettenhemd und Armbrust gerüstet, einer der Männer des Feldhauptmanns. Er musste sich wohl in der Dunkelheit auf der anderen Seite der Schutzwände lautlos angeschlichen haben. Jetzt hob er die Armbrust, um sie in Anschlag zu bringen …

XV.

Zwei glühend rote Augen in einem zerborstenen Fenster – sie starrten Greg immer noch reglos an. Das war jetzt kein Traum mehr …

Mit den Fingern der Rechten tastete Greg nach dem Schalter der Nachttischlampe … Endlich fand er ihn, drückte darauf – nichts. Kein Licht, nur dieses Etwas da im Fenster mit den glühenden Augen. Rolf Detmer kam ihm in den Sinn, sein ehemaliger Chef - und dann der schwarze Vogel oben auf der Burg. Nein, so wehrlos war er, Greg, nun auch wieder nicht …

„*Lass deine Kräfte ruhen.*“ Keine gesprochenen Worte. Das war gerade so gewesen wie oben auf der Burg im finsteren Stollen, als Greg die Stimme Gernot von Chamms – wenn er es denn gewesen war - einfach nur in seinem Schädel, in seinen Gedanken „gehört“ hatte. Und er wusste auch, zu wem diese Stimme gehörte: Es war die Stimme der schwarzen, zierlichen Gestalt von der Lichtung in seinem Traum vorhin.

„Ich will hier nicht gegen dich kämpfen."

„Was willst du dann?" Der Klang der eigenen Stimme kam Greg seltsam laut vor.

„Du hast Mut und Kraft, Gregori. Oben auf der Burg hast du mir deine Kraft gezeigt – und ich dir im Felsen die meine. Wer von uns beiden wird siegen...?"

„Das geht nur uns an – also lass die Leute im Dorf in Ruhe, und mach sie nicht zu willenlosen Kreaturen, wenn es um die Burg geht!"

„Die Menschen hier im Dorf haben in Ruhe und Frieden gelebt. Dann bist du gekommen und hast neugierige Fragen gestellt. D u bist es, der sie in Gefahr bringt, du und deine Neugier. Die Dinge sind, wie sie sind, und du wirst sie nicht ändern. Also gib d u den Menschen hier ihren Frieden wieder."

Jedes Wort schmerzte jetzt in Gregs Schädel. Er schloss die Augen – und im nächsten Moment ging das Licht der Nachttischlampe an.

In seinem Bett sitzend starrte Greg auf das geborstene Fenster. Es war leer. Überall im Zimmer und auf seinem Bett lagen Glasscherben und Holzsplitter verstreut.

Ob er doch noch aus einem Traum erwachen würde...?

Nein – er war wach, und alles blieb so, wie es war. Greg schwang die Beine aus dem Bett, schlüpfte in seine Schuhe und tappte über knirschende Glasscherben hinweg zum Fenster. Er beugte sich hinaus und sah die Sterne am Himmel. Kein Sturm mehr, und die Straßenbeleuchtung tat auch wieder ihren Dienst. Lauter Zufälle? Nein, nicht hier im Machtbereich dieses Wesens.

Es klopfte heftig an die Zimmertür. Greg ging durch das Zim-

mer zur Tür und öffnete. Vor ihm stand Anton. Über den Schlafanzug hatte er einen alten Lodenmantel gezogen.
„Was war denn des für a fürchterlicher Krach? War des bei dir?"
Greg nickte, trat zur Seite und gab die Tür frei. „Ich muss dir was zeigen."
Anton kam herein, blieb nach ein paar Schritten stehen und starrte auf das Chaos in dem Zimmer und dann auf die leere Fensteröffnung. „Allmächtiger!"
„Der war das nicht." Greg zuckte mit den Schultern. „Ich habe geschlafen. Dann war da dieser fürchterliche Krach, der dich wohl auch geweckt hat. Ich habe Licht gemacht – und dann habe ich das gesehen, was du jetzt auch siehst. Keine Ahnung, was das war … vielleicht ein großer Ast, den der Sturm abgerissen und gegen das Fenster geschleudert hat?"
„… d u bist es, der sie in Gefahr bringt …"
Anton schüttelte den Kopf. „Des schaut eher aus wie mit da Abrissbirn." Er ging ans Fenster, beugte sich hinaus und blickte in den Hof. „Da is nix, auch kein Ast."
„Tja…"
Anton wandte sich vom Fenster ab und sah Greg an. „Da kannst ned bleibn. I gib dir a anders Zimmer." Er schüttelte den Kopf. „Sachn gibt's …"

Den Rest der Nacht lag Greg schlaflos im Bett seines neuen Zimmers nebenan. Immer wieder kreisten seine Gedanken nur um eines: um diese alte Kuni in ihrer verfallenen Hütte oben am Waldrand.

War sie nur eine harmlose alte Frau? Nein! Sonst hätte Anton nicht mit dieser seltsamen Abwesenheit und mit dem weißen Schleier über den Augäpfeln reagiert, als er, Greg, ihn nach der Alten gefragt hatte!
Fürchtete diese Macht, dieses Wesen gar, Gernot von Chamm könnte von dem Fluch erlöst werden, wenn jemand von der Existenz dieser Macht erfuhr? Denn warum sonst sollte er, Greg, daran gehindert werden, hinter das Geheimnis zu kommen? Die Dorfbewohner waren keine Gefahr für diese Macht, solange sie Gregs Fragen nicht beantworten konnten.
Ob es in der Hütte der Alten oben am Waldrand ein paar Antworten auf diese Fragen gab?

Nach dem Frühstück mit Anton und Anna verließ Greg den Gasthof und ging die Dorfstraße hinauf. Die Sonne strahlte von einem wolkenlosen Himmel, die Morgenluft war noch kühl und es wehte ein leichter Wind.
Im Gasthaus „Zum Heimgarten“ hing ein Pappschild im Fenster neben der Tür: „Heute Ruhetag“.
Keine Menschenseele war hier unterwegs.
Greg ließ die letzten Häuser des Dorfes hinter sich und ging weiter auf der Straße zur Schuwenburg, bis er die kleine alte Hütte am Waldrand sehen konnte. Er verließ die Straße und ging über die Wiese auf die Hütte zu.
Heute stieg kein weißer Rauch aus dem Ziegelkamin auf, und die beiden kleinen Fenster zur Straße hin waren geschlossen. Die Haustür musste wohl auf der anderen Seite sein.

Greg ging um das Haus herum. Ja, da war sie, die Haustür: verwittert, ohne jede Spur von Farbe auf dem alten Holz, hing sie zwischen zwei Fenstern schief und mit verrosteter Türklinke in den Angeln. Greg trat näher, blieb vor dem Fenster links neben der Haustür stehen und versuchte, durch die vom Schmutz und vom Staub fast blinde Scheibe etwas im Inneren der Hütte zu sehen – vergeblich. Alles, was er erkennen konnte, war, dass es da drinnen fast dunkel war.

Greg wollte die rechte Hand nach der Türklinke ausstrecken, doch stattdessen wich er einen Schritt zurück und noch einen und noch einen ... und er konnte nicht mehr stehen bleiben, weil ihm die Beine nicht mehr gehorchten. Er ging immer weiter rückwärts von dem Haus weg und konnte nichts dagegen tun. Warum machte er das, warum ging er weg – wo er doch in das Haus hatte gehen wollen? Mit dem rechten Absatz blieb er an irgendetwas Hartem in der Wiese hängen, verlor das Gleichgewicht und fiel rücklings ins feuchte Herbstgras.

Jetzt war es genug ... „Lass mich in Ruhe und verschwinde!" Wieder jagte der stechende Schmerz von seiner Stirn bis in den Nacken, und Greg erschrak. Die Wiese, auf der er lag, fing auf einmal an zu vibrieren, und etwas wie ein gewaltiger Strom aus Energie schoss von ihm weg auf die Hütte zu. Die Fensterscheiben links und rechts von der Haustür zerbarsten, Glassplitter und auch ein paar Dachziegel flogen nach allen Seiten.

So, wie er da lag, starrte Greg noch eine ganze Weile auf die Hütte und auf das, was da gerade alles zu Bruch gegangen war. Doch die Haustür hatte seiner Kraft standgehalten. Greg rappelte sich wieder auf und blieb noch einen Augenblick stehen. Dann machte er einen Schritt nach vorn – nichts hielt ihn auf, nichts hinderte ihn daran.

Schritt für Schritt ging er wieder auf die Hütte zu. Wenn sie noch einmal versuchen sollte, ihn daran zu hindern, in ihre Hütte zu gehen, würden ihr die Trümmer dieser Bruchbude um die Ohren fliegen. Denn wenn diese Kuni wirklich die harmlose alte Frau war, als die man sie im Dorf wohl kannte – warum war sie dann nicht längst herausgekommen, um zu sehen, was da los war?

Ein paar Meter vor der Haustür blieb Greg stehen und lauschte. Wo war sie, die alte Kuni? Wartete sie darauf, dass er zu ihr kam – und in die Falle lief, die sie ihm gestellt hatte?

Dann würde er eben jetzt zu ihr in die Hütte kommen – aber sicher nicht so, wie sie das da drinnen vielleicht erwartete …

Greg richtete den Blick auf die Haustür: „Ich will dich zersplittern sehen!“ Er zuckte zusammen, als ihm der Schmerz durch den Schädel schoss, und wich hastig zurück. Es war, als würde die Hütte von einer Granate getroffen: Bretter, Splitter, ganze Mauerbrocken – alles flog nach allen Seiten, und die Hüttenwand verschwand in einer gewaltigen Staubwolke.

Ungeduldig wartete Greg, bis die Staubwolke sich verzogen hatte. Dann sah er, dass dort, wo die Haustür gewesen war, nur noch ein großes, fast kreisrundes Loch in der Wand gähnte. Er trat wieder näher, blieb vor dem

Loch stehen und versuchte, im Innern der Hütte etwas zu erkennen. Doch der Raum dahinter lag im Halbdunkel und war über und über mit Trümmern und Staub bedeckt. Und auf einmal hörte er aus dem halbdunklen Raum ein hämisches, heiseres Lachen …

XVI.

Die Armbrust halb im Anschlag, wusste der Krieger des Feldhauptmanns nicht so recht, was er jetzt tun sollte: die beiden da vor ihm mit der Waffe in Schach halten, oder seine Kameraden unten im Hohlweg warnen. Besser die Kameraden warnen - der Feldhauptmann würde ihn wohl sonst eigenhändig aufspießen. Er drehte den Kopf zur Talseite hin - sein Fehler ... Gernot schnellte auf ihn zu und hieb ihm mit der geballten Rechten auf den Helm. Der Helm knackte. Die Armbrust noch in den Händen, fiel der Krieger ohne einen Laut rücklings zu Boden und bewegte sich nicht mehr.
Gernot zog das Stück Stoff aus dem Gürtel und warf es Konrad zu. „Reiß es auseinander, verknote die Teile und leg die Lunte. Dann streust du die Pulverspur zum anderen Geschütz. Ich sehe nach den Leuten des Hauptmanns. Vielleicht waren das Fass und der Helm des Kerls da doch zu laut." Gebückt schlich er ein Stück weit von den Schutz-

wänden weg und Richtung Lager des Feldhauptmanns – und sah, wie die Wächter gerade ihre schlafenden Kameraden an den Feuerstellen weckten. Ein paar von ihnen standen auch schon mit ihren Armbrüsten in den Händen am Feuer und sahen zu den Geschützen herauf. Hatten sie ihn gar schon entdeckt?

Gernot hatte genug gesehen – es war keine Zeit zu verlieren! Er sah zu, dass er so schnell wie möglich wieder hinter die Schutzwände kam, wo Konrad schon die Lunte gelegt, Pulver unter den Geschützwagen gestreut und eine Pulverspur zu dem zweiten Geschütz gezogen hatte.

Ruprecht und Ulrich waren an dem zweiten Geschütz fertig, und sie hatten obendrein eine lange Pulverspur bis fast zur Mitte der Lichtung gezogen. Jetzt warteten sie an dem Geschütz zusammen mit Konrad wohl nur noch auf Gernot.

„Ihr drei lauft zurück zum Stollen", befahl Gernot. „Sie haben uns entdeckt und sie werden gleich hier sein."

Ruprecht schüttelte den Kopf. „Ich werde bei Euch …"

„Du gehst – ich befehle es!", unterbrach Gernot ihn in scharfem Ton. „Los jetzt!"

Wortlos drehte Ruprecht sich um und rannte mit Ulrich und Konrad über die Lichtung zum Eingang des Stollens.

Vom Lager des Feldhauptmanns her hörte Gernot die Männer aufgeregt rufen – oder waren sie gar schon näher? Er sah sich hastig um. Lag denn hier nirgendwo ein dürrer Ast oder ein Zweig herum, um ihn am Lagerfeuer zu entzünden? Nein – also musste es anders gehen. Er zog die Lunte aus verknoteten Stofffetzen aus der Geschützmündung, eilte an das Lagerfeuer und hielt ein Ende der Lunte hinein. Sie fing

sofort Feuer – keinen Augenblick zu früh, denn dem Lärm nach waren die Männer des Feldhauptmanns wohl nicht mehr weit von den Schutzwänden weg.
Mit der brennenden Lunte in der Rechten lief Gernot entlang der Pulverspur zur Mitte der Lichtung.
„Da … da! Schnappt ihn!“
Sie hatten ihn entdeckt. Jetzt blieb keine Zeit mehr, die Pulverspur da zu zünden, wo sie anfing. Er lief so schnell er konnte und ließ die brennende Lunte einfach auf die Pulverspur fallen. Wenn das nur gut ging, wenn nur das Pulver zu brennen anfing und von den Männern des Feldhauptmanns nicht vorzeitig entdeckt wurde!
Gernot zog Kopf und Schultern ein und rannte weiter über die Lichtung zum Eingang des Stollens. Ein paar Pfeile sirrten dicht an seinem Kopf vorbei in die Dunkelheit – aber er durfte keine Deckung suchen, er musste weiterrennen, noch schneller …
Die erste Pulverladung ging los – und hinter ihm brach die Hölle auf. Hastig wandte er den Kopf. Eine riesige Feuersäule schoss hoch in den Nachthimmel, und gleich darauf schleuderte die Druckwelle Gernot der Länge nach zu Boden. Glühende Metallteile und Holzsplitter zischten um ihn herum durch die Nacht. Nur noch einen Augenblick warten, bis es vorbei war. Hoch jetzt! Weiter! Gernot rannte wieder los. Von den Männern des Feldhauptmanns konnte er nichts mehr hören … und da ging die zweite Pulverladung los, und er zuckte zusammen. Die Druckwelle – etwas schlug hart gegen seine linke Schulter, drang ihm glühend heiß ins Fleisch neben dem Schulterblatt und warf ihn abermals der

Länge nach hin. Gernot stöhnte auf, presste sein Gesicht auf den nackten, kalten Fels und tastete mit den Fingern der Rechten hastig nach der schmerzenden Stelle unter der Schulter. Er bekam ein handtellergroßes Stück heißes Metall zu fassen, verbrannte sich die Hand und die Finger daran, packte trotzdem fest zu und zog es mit einem Ruck heraus. Als ob ihm einer ein glühendes Schwert herausgezogen hätte!

Gernot ließ das Metall fallen und versuchte den Kopf dorthin zu drehen, wo die Geschütze gewesen waren. Viel konnte er nicht sehen, doch die hoch lodernden und prasselnden Flammen auf der Lichtung hinter ihm waren sicher nicht die vom Lagerfeuer der Wachposten. Der Feuersturm musste alles vernichtet haben: die Geschütze, seine Verfolger - einfach alles! Kein Rufen, kein Schreien mehr war auf der Lichtung zu hören, nur die prasselnden Flammen, die alles zerstörten.

Aber jetzt musste er weiter, denn die Männer des Feldhauptmanns, die noch in ihrem Lager gewesen waren, würden sicher bald auf der Lichtung auftauchen - und dann hatten sie ihn!

Gernot kam auf die Knie, und ein brennender Schmerz jagte ihm über den Rücken. Auf den Knien kauernd tastete er wieder nach der Wunde und spürte, wie das Blut aus der handbreiten Wunde lief. Wenn er sich aufrichtete, konnte es sein, dass er noch mehr Blut verlor, also kroch er auf allen vieren weiter. Bis zum Eingang des Stollens konnte er es so schaffen. Zudem wurde der Feuerschein, in dem er sich bewegte, immer schwächer, also würden sie ihn wohl nicht mehr so leicht sehen können.

Wie von weit her hörte er jetzt wieder Stimmen von dort, wo die Geschütze gewesen waren, aufgeregte, wütende Stim-

men. Er konnte nicht verstehen, was sie sagten, und es war ihm auch gleich, was sie sagten - wenn sie nur nicht hinter ihm her waren.
Und so kroch er weiter und weiter und ... Wo war denn nur der Strauch, der den Eingang des Stollens verbarg? War er schon daran vorbeigekrochen? Hier war es fast dunkel, und auf einmal drehte sich alles. Gernot verharrte, wischte sich über die Augen, blinzelte - doch er konnte nichts mehr sehen. Auch Arme und Beine konnte er nicht mehr bewegen. Er merkte nur, wie er ganz langsam zur Seite kippte und einfach liegen blieb. Immer noch drehte sich alles; er lag wie auf einer riesigen Scheibe, die sich immer schneller und schneller und schneller drehte ...
„... Er ist verwundet ...“; „... Packt ihn an den Armen - schnell ...“
Was waren das für Stimmen? Hatten ihn die Männer des Feldhauptmanns doch noch gefunden? Auf einmal fiel er in ein tiefes schwarzes Loch und er sah und er hörte nichts mehr...

Gernot steht im Ausguck auf dem Palas. Gundrun baut sich vor ihm auf und funkelt ihn mit ihren dunklen Augen schweigend an. Und er ist maßlos wütend auf sie.
Ohne zu überlegen packt er sie an schwarzen Gewand, reißt sie hoch und stößt sie über die Brüstung in die gähnende Tiefe. Er sieht, wie sie fällt und fällt, und er hört, wie sie anfängt, höhnisch und heiser zu lachen, so laut, dass es ihm selbst hier oben auf der Brüstung noch in den Ohren weh tut. Auf einmal werden aus Gundruns wild flatterndem, schwar-

zen Gewand die Schwingen eines schwarzen Vogels. Der Vogel breitet die Schwingen aus und fliegt in einem anmutigen Bogen von der Burg weg, bevor er dann hinauf in die Lüfte steigt.

Gebannt sieht Gernot zu, wie der Vogel nun die Schwingen anlegt und zu einem rasenden Sturzflug ansetzt …

„Ruhig! Bleibt liegen!"

Was war das für eine Stimme gewesen, wo war sie hergekommen? Sie hatte aber wohl den Vogel vertrieben, denn er konnte ihn nicht mehr sehen – und er stand auch nicht mehr im Ausguck des Palas.

Gernot machte die Augen auf und sah Ruprechts Gesicht mit gerunzelter Stirn über sich.

„Ihr habt geträumt, Gernot, und es war wohl kein guter Traum."

„Nein … das war kein guter Traum." Gernot drehte den Kopf zur Seite und sah, dass er auf einer Bettstatt im Rittersaal neben seinem Faltstuhl lag. Er hob den Kopf – und ein rasender Schmerz fuhr ihm über den ganzen Rücken wie ein glühendes Messer. Und so ließ er sich wieder auf die Bettstatt sinken und sah Ruprecht zu, wie der es sich jetzt auf dem Faltstuhl bequem machte.

„Ruprecht … wie komme ich hierher?"

„Ihr wisst es nicht? Ihr habt die Geschütze des Hauptmanns zerstört, und Ihr seid dabei verwundet worden. Ulrich, Konrad und ich haben Euch unten von der Lichtung in den Stollen gezogen und dann hierher geschafft."

Über Ruprechts Gesicht zog ein Grinsen. „Teufel nochmal – Ihr seid so was von schwer! Wenn wir Euch das nächs-

te Mal tragen sollen, gibt's vorher nur Wasser und Brot."
Ruprechts Grinsen verflog. „Ihr habt so viel Blut verloren – Ihr hättet tot sein können."
„Wie lange liege ich schon hier?"
„Ihr habt drei Tage geschlafen, und die haben Euch gutgetan – nein, bleibt liegen!", unterbrach sich Ruprecht, als Gernot sich wieder aufrichten wollte. „Es gibt nichts zu tun, für keinen von uns. Die Geschütze, die Schutzwände und alles, was sonst noch da unten war, ist zerstört und verbrannt. Wir haben im Augenblick nichts zu befürchten." Er nickte Gernot zu. „Der Hauptmann hat geschrien und getobt da unten – man hat es gewiss in der ganzen Grafschaft gehört. Bei allen seinen Vorfahren hat er geschworen, uns so lange zu belagern, bis wir alle den Hungertod gestorben sind. Also bleibt liegen und genest – damit Ihr bei guter Gesundheit verhungern könnt."
„Lass die Späße, du Schurke. Wer hat meine Wunde versorgt?"
„Einen Chirurgus haben wir nicht, und zwischen uns und dem Bader Ambros im Dorf stehen die Männer des Hauptmanns. Also habe ich das getan."
Gernot nickte. „Ich habe die Männer des Hauptmanns gehört unten in ihrem Lager und auf der Lichtung, bevor das Pulver alles vernichtet hat, und danach habe ich auch noch welche gehört. Wie viele von ihnen sind wohl tot?"
„Fast alle, die da unten auf der Lichtung und in der Nähe waren. Am Morgen nach unserem Besuch trieb sich nur noch ein gutes Dutzend auf der Lichtung herum, auch der Unter-

führer, der uns seine Leute so schön zum Abschuss dargeboten hat. Der Hauptmann hat ihn dann mit einem Knüppel totgeschlagen." Ruprecht zuckte mit den Schultern. „Ich kann ihn ja verstehen, den Hauptmann: Alles, was seine Männer an kostbarem Kriegsgerät heraufgeschleppt haben, ist zerstört und verbrannt. Und obendrein hat er auch noch viele seiner Männer verloren. Sein Herzog wird sich freuen..."
Gernot gähnte herzhaft. „Dann ist es recht, wenn ich auf meinem Lager bleibe, bis sich etwas tut, Alter."
„Es wird sich nichts tun bis zu dem Tag, an dem wir keine Vorräte mehr haben."

XVII.

Ende der zweiten Dezemberwoche hielt der Winter seinen Einzug. Dicke Schneeflocken schwebten von einem düsteren Himmel und überzogen das Land nach und nach mit einer weißen Decke.
Die verkohlten Reste der Schutzwände, die verkohlten Bäume, die Trümmer der Wagen und die Metallsplitter der Geschütze: alles verschwand allmählich unter dem weißen kalten Leintuch des hereinbrechenden Winters.
Gernots Wunde verheilte schnell. Einen Tag, nachdem der erste Schnee gefallen war, standen er und Ruprecht, in dicke Winterfelle gehüllt, auf dem südlichen Palisadenwehrgang und sahen zur Lichtung hinunter. Hinter ein paar der verkohlten Bäume am Rand der Lichtung standen vereinzelt die gerüsteten Krieger des Feldhauptmanns.
„Die gehören zu dem Belagerungsring, der um den ganzen Burgfelsen herum steht", erklärte Ruprecht. „Ich beobachte sie hin und wieder - sinnlos, auf sie zu schießen. Sie be-

wegen sich nur noch im Schutz der Bäume. Die da unten werden am Abend abgelöst. Morgen dürfen sie auf die Jagd gehen, dann stehen sie wieder da unten." Er zeigte auf die schneebedeckten Bergwälder im Süden. „Der Hauptmann füttert seine Leute jetzt mit dem Wild aus unseren Wäldern. Hirsche, Rehe, Hasen, Federvieh: alles tragen sie da unten vorbei und bringen es hinunter in ihr Lager."
„Er hat keine Wahl", erwiderte Gernot. „Das Dorf kann die vielen Männer nicht einen Tag lang versorgen. Also bleibt ihm nur die Jagd."
„Und was bleibt uns…?"
„Der Stollen hinauf ins Gebirge. Aber erst dann, wenn unsere Vorräte aufgebraucht sind und der Hauptmann immer noch da ist. Den Stollen hinunter ins Dorf können wir nicht nehmen, denn da sind er und seine Männer auch. Was wir brauchen, ist ein strenger, frostiger Winter, der ihn und seine Horden vertreibt."

Gernots Wunsch erfüllte sich nicht.
Das Jahr 1413 ging zu Ende und mit ihm schien sich auch der Winter wieder verabschieden zu wollen. Die anfangs noch heftigen Schneestürme wurden zu fast frühlingshaften Winden, die den Schnee rasch dahinschmelzen ließen. Wenige Tage nach Neujahr kam dann der Regen und schwemmte die letzten Schneereste mit sich fort.

Hartnäckiger als der Winter zeigten sich Feldhauptmann Bart und seine Männer. Der Belagerungsring um den Burgfelsen herum stand unverändert.

Der Feldhauptmann wollte und konnte die Belagerung nicht aufgeben und den Rückzug antreten. Denn dann hätte er vor den Herzog hintreten müssen und berichten, dass er mehr als fünfzig Krieger und die beiden wertvollen Donnerrohre verloren habe. Gernot von Chamm aber erfreue sich bester Gesundheit oben auf seiner unversehrten Burg – das Todesurteil für Feldhauptmann Bart!
Nein, Feldhauptmann Bart hasste diesen unheimlichen Burgherrn. Er wollte Genugtuung, Genugtuung für die Schmähungen, die ihm oben auf der Burg widerfahren waren, und Genugtuung für den Verlust der beiden Geschütze. Denn dieser Verlust schmerzte den Feldhauptmann fast ebenso wie eine verlorene Schlacht.
Wenn er nur gewusst hätte, wie es den Burgleuten gelungen war, unbemerkt auf die Lichtung zu kommen! Über die Felstreppe konnten sie unmöglich gekommen sein – denn die war von Anfang an Tag und Nacht bewacht gewesen. Und die Felswände waren zu steil und zu hoch, um von ganz oben zuerst herunter- und dann in aller Eile wieder hinaufzuklettern.
Es gab nur eine Möglichkeit: Die Burg musste einen oder gar mehrere geheime Stollen und Gänge haben.
Und so schickte der Feldhauptmann fünf seiner Krieger los, damit die den Burgfelsen und seine Umgebung einen halben Tag lang absuchen sollten. Die fünf taten ihr Bestes, zwängten sich in schmale Felsspalten, die aber alle nach wenigen Schritten endeten, und kletterten im Schutz der Bäume sogar ein Stück weit den Burgfelsen hinauf, um nach verborgenen Öffnungen zu suchen – vergeblich.

Niemand beachtete das dichte Strauchwerk nahe der Lichtung am Fuß des Burgfelsens. Ein wildes Gestrüpp eben, an dem man sich die Haut aufriss, wenn man hineinkroch.
Der Feldhauptmann dachte zudem daran, ob es den Burgleuten wohl möglich war, unbemerkt ins Dorf zu kommen, wenn ihre Vorräte zur Neige gehen sollten. Die Bauern würden sicher nicht lange zögern, ihrem Herrn und den Seinen mit allem auszuhelfen, was sie selber entbehren konnten.
Also würde Feldhauptmann Bart einen Teil seiner Männer vom Belagerungsring abziehen und das Dorf künftig Tag und Nacht bewachen lassen. Nicht einmal eine Maus sollte hinein- oder herauskommen, ohne dass Feldhauptmann Bart wusste, bei wem sie zu Besuch gewesen war, wie lange und warum.

Als die zweite Januarwoche vorüber war, machte sich Ruprecht auf den Weg in die Lagerräume der Burg, um nach den Vorräten zu sehen. Doch was er da sah, gefiel ihm ganz und gar nicht. Er musste Gernot berichten, und zwar sofort.

Ruprecht machte die Tür zum Rittersaal hinter sich zu und blieb neben Gernots Faltstuhl stehen. „Unsere Vorräte sind fast aufgebraucht. Ein halbes Dutzend Hühner, ein Scheffel Mehl, und ein paar Säckchen mit Feldfrüchten – das ist alles. In zwei Wochen gibt's Steine auf den Teller."
Gernot, der am mittleren Fenster gestanden war, trat an die Tischreihe, zog sich eine der Bänke heran, setzte sich und lud Ruprecht mit einer Handbewegung ein, sich zu ihm zu setzen. „In zwei Wochen wird der Hauptmann mit seinen

Männern wohl immer noch da unten stehen. Jagen können wir nicht, denn da, wo unser Wild steht, sind sie auch. Und durch den Stollen ins Dorf können wir erst recht nicht."

Ruprecht setzte sich, zupfte nervös an seinem Bart und nickte. „Machen wir einen Ausfall und kämpfen, bevor wir verhungern! Wir werden bis zum letzten ..."

„Du Narr!" unterbrach Gernot ihn in scharfem Ton. „Ein offener Kampf gegen die Truppen des Hauptmanns! Auf einen von uns kommen wenigstens zehn, fünfzehn oder noch mehr von denen. Und nicht alle unsere Männer können so kämpfen wie wir beide." Er schüttelte den Kopf. „Keine Burg ist das Leben derer wert, die da wohnen. Ich opfere uns nicht für einen Haufen toter Steine, wenn ich es verhindern kann. Nein, mein Alter, wir bleiben hier, solange der Hunger es zulässt. Vielleicht zieht der Hauptmann ja doch noch ab."

„Und wenn nicht?"

„Dann gehen wir eben durch den Stollen hinauf in den Wald zu den Bergen hin."

Ruprecht legte die Stirn in Falten. „Ihr habt recht. Und jetzt?"

„Wie ich schon sagte: Wir warten, bis der Hunger uns forttreibt. Wo ist die Hexe?"

„Ihr wollt mit ihr reden?"

Es hielt Gernot nicht mehr auf der Bank. Er stand auf, ging mit ein paar langen Schritten zurück zum Fenster und drehte sich dann zu Ruprecht um. „Nein! Ich will nicht mit ihr reden. Sie soll fortan Steine oder Holz fressen, denn sie hat kein Recht mehr auf die Vorräte der Burg. Und du wirst mir dafür bürgen! Keinen Krumen Brot, hast du verstanden?"

„Wollt ihr sie...?"

„Schweig! Soll sie doch verrecken – wen kümmert's?"
„Aber Euer Vater…"
„… hatte mein Versprechen. Und ich habe es gehalten. Aber ich werde sie nicht füttern und mästen, wenn unsere Leute dafür hungern müssten."

Eine Woche darauf gab es auf der Burg nur noch Wasser und Brot, und die Vorräte an Korn und Mehl reichten höchstens noch für eine weitere Woche.
Feldhauptmann Bart hielt die Belagerung aufrecht. Regen, Schnee, Kälte: nichts von alledem schienen ihn und seine Krieger vertreiben zu können.
Die Männer auf der Burg fingen langsam an, darüber nachzugrübeln, wie es für sie weitergehen mochte, wenn sie denn von der Burg würden fliehen müssen. Wo und wovon sollten sie künftig leben?
Ruprecht war das alles nicht verborgen geblieben, und so machte er sich am letzten Tag im Januar abermals auf den Weg in den Rittersaal.

„Morgen Nacht verlassen wir die Burg", entschied Gernot, setzte sich auf seinen Faltstuhl und sah zu, wie Ruprecht sich eine der Bänke heranzog. „Wir bleiben in den Bergen und warten ab, was geschehen wird, wenn der Hauptmann merkt, dass wir geflohen sind. Vielleicht zieht er ab, wenn er mich nicht kriegen kann. Zerstört er die Burg, müssen wir fort. Sag den Männern, sie können alle bei mir bleiben."
„Werden wir je zurückkommen?", fragte Ruprecht. Es war schon so lange her, dass er mit Ritter Arnold wie ein

Vagabund durch die Welt gezogen war. Der Gedanke, solch ein Leben in seinem Alter noch einmal führen zu müssen, behagte ihm gar nicht.

„Wie ich dir sagte: Wir müssen nicht fort, wenn sie die Burg nicht zerstören; wir warten, bis s i e fort sind. Im anderen Fall gibt es genug fehdehungrige Herren im ganzen Land, denen wir unseren Waffendienst für gute Gulden anbieten können." Gernot legte die Stirn in Falten. „Erinnerst du dich an den Augsburger Kaufmann, der im vergangenen Jahr bei uns weilte? Burggraf Friedrich von Nürnberg würde wohl mit seinen Truppen gegen ein paar eigenmächtige Landesherren im Märkischen ins Feld ziehen wollen. Eine Handvoll Armbrustschützen und Schwertkämpfer wird der Graf sicher nicht verschmähen."

„Gundrun ist schon fort – für immer, hat sie gemeint. Weiß der Teufel, wie sie das angestellt hat."

Gernot nickte. „Vielleicht reitet sie durch die Luft…"

„Sie ist voller Hass gegen Euch, und ich denke, sie wird sich an Euch rächen wollen."

Gernot nickte wieder. „Dann wird sie die richtige Antwort darauf bekommen."

Tags darauf wehte ein warmer Wind von Süden her über das Gebirge und vertrieb Regen und Wolken.

Nach einem kargen Abendbrot hatten Gernot und Ruprecht die Männer im Burghof versammelt.

Gernot sah einen nach dem anderen an. Er sah in ihre ratlosen Gesichter, er sah ihre fragenden Blicke. „Entscheidet euch: Entweder für eine Weile mit mir in die Berge, vielleicht auch mit mir hinaus in die Welt – oder ohne mich zu euren Leuten ins Dorf. Ihr seid keine Leibeigenen, die ihrem Herrn zu folgen haben. Ihr seid freie Männer." Er sah Konrad an, der ganz vorn in der Gruppe stand. „Du bist der Jüngste von uns. Willst du ins Dorf zurück zu Vater, Mutter und Geschwistern, wenn der Hauptmann fort ist?"

Konrad zuckte mit den Schultern. „Ob sich meine Leute über mich freuen würden? Das Gehöft ist klein, wie Ihr wisst, aber die Familie ist groß. Und, mit Verlaub, Armbrust und Bogen machen mehr Vergnügen als Hacke und Spaten. Nein, Herr, ich ziehe mit Euch. Mein Zuhause ist die Burg und mein Platz ist bei Euch."

Gernot musste lächeln. „Armbrust und Bogen, hm…?"

Der massige Eberhard trat vor die anderen hin und sah Gernot an. „Es ist entschieden, Herr Ritter – keiner von uns wird Euch verlassen, ganz gleich, wohin es gehen mag. Wie Ihr sagtet: Wir sind frei."

Gernot nickte. „Von den Waffen nehmen wir nur die besten mit, alles andere bleibt hier. Konrad, du wirst bis Mitternacht im Ausguck stehen – der Hauptmann soll uns nicht zu guter Letzt noch überraschen. Danach werden wir in den Stollen gehen."

Gernot stand mitten in seinem Rittersaal, in der Rechten eine brennende Fackel. Über seinem Kettenhemd hing an der Seite im Gurt das zweihändige Schwert.

Abschied – für immer…? Diese Burg war sein Zuhause, ganz gleich, wie unbedeutend sie gegenüber den Burgen anderer Lehnsherren auch immer gewesen sein mochte. Wie würde er sie wohl vorfinden, wenn er denn zurückkommen sollte?

Mochte der Hauptmann die Burg nur zerstören. Er, Gernot, würde den Herzog dafür vor dem Königlichen Reichshofgericht verklagen! Dann würde er die notwendigen Mittel schon bekommen, um die Burg wieder aufzubauen. Jetzt war erst einmal das Leben der ihm anvertrauten Männer wichtig. Steine konnte man später wieder aufeinanderschichten.
Ruprecht, Konrad und die anderen erwarteten Gernot an der Bohlentür unter der Treppe, hinter der der Zugang zu den Stollen begann. Er blieb bei ihnen stehen und sah Konrad an. „Was treiben die Wachhunde des Hauptmanns da unten?“
„Nichts, Herr. Jede Nacht das Gleiche: Man sieht nur den Schein ihrer Lagerfeuer durch die Bäume. Wenn wir nur nicht so verdammt wenige wären!“
„Du wirst dein Mütchen schon noch kühlen dürfen. Gehen wir.“
Die Männer machten Gernot Platz, damit der die Tür öffnen konnte.
Gernot zeigte auf die Wandhalterung neben der offenen Tür. „Nehmt alle Fackeln mit, wir brauchen viel Licht. Der Stollen ist sehr lang und oft steil und eng. Ruprecht, du gehst als Letzter und sperrst diese Tür hinter dir ab. Vielleicht entgeht sie dem Hauptmann ja, sollte er je hierherkommen.“

Auch dieser Stollen war am Ende mit großen aufgeschichteten Steinen verschlossen. Gernot wies ein paar der Männer an, die Steine wegzuräumen.
„Wenn ich mich recht entsinne, ist das Strauchwerk da

draußen an der Felswand noch dichter als unten auf der Lichtung", brummte Ruprecht und zupfte an seinem Bart. „Wir werden den Rest der Nacht brauchen, um uns mit den Messern da durchzuarbeiten."

„Wir haben ja den Rest der Nacht Zeit dafür", erwiderte Gernot. „Nimm dein Messer, mein Alter, kriech hinaus und fang an."

Bis kurz vor Sonnenaufgang hatten sie sich durch das dichte Strauchwerk geschnitten. Jetzt hockten sie alle unter den hohen steilen Felsen neben dem Strauchwerk und sahen im Licht der Morgendämmerung ins Tal hinunter.

„Nun belagert er eine verlassene Burg, unser Hauptmann", brummte Ruprecht.

„Der wird das noch früh genug merken." Gernot stand auf, reckte sich und sah dann die Männer an. „Verschließt den Stollen wieder. Wir müssen noch weiter hinauf, bevor es ganz hell wird."

XVIII.

Der kleine Talkessel, an drei Seiten von steilen, bewaldeten Berghängen umschlossen, lag ein ganzes Stück weit oberhalb des Stollenausgangs. Der Zugang von der Talseite her war gut zu bewachen, denn vom Zugang aus konnte man über die Bäume hinweg sogar bis hinunter zur Burg sehen.

Gernot kannte den Talkessel von seinen Jagdausflügen. Hier würden sie einen Tag lang bleiben und sich mit Wild versorgen. Morgen bei Tagesanbruch würden sie weiterziehen und unten in einem der Dörfer eine vorübergehende Bleibe suchen.

Gernot sah auf seine schlafenden, in Decken gehüllte Männer und machte sich dann auf den Weg zu einem mannshohen Felsblock nahe dem Zugang zum Talkessel. Er kletterte auf den Felsblock, hockte sich oben hin und sah auf seine im Licht der Morgensonne ganz fern erscheinende Burg hinunter.

„… und Ihr habt mein Wort, dass ich nicht eher abziehen werde, ehe die Burg in Schutt und Asche liegt und Ihr mein Gefangener seid oder tot zu meinen Füßen liegt…“ So hatte er getönt,

der Feldhauptmann, als er als Unterhändler bewaffnet auf die Burg gekommen war. Aus der Gefangennahme war nichts geworden - umso größer musste die Wut des Feldhauptmanns sein, wenn er merkte, dass sein Widersacher geflohen war. Aber wann würde er das merken?

Am frühen Nachmittag kehrten Ruprecht, Eberhard, Konrad und Ulrich von der Jagd zurück. Sie hatten reichlich Beute gemacht, und nach Wochen der Entbehrung verschlangen die Männer, am Feuer sitzend, Unmengen Fleisch.

Mit Anbruch der Dämmerung hatte Gernot das Feuer löschen lassen und einen der Männer zur Bewachung des Zugangs zum Talkessel abgestellt.

Als die Nacht hereinbrach, kam eine eisige Kälte auf. Der Vollmond am sternenklaren Himmel tauchte den Talkessel und die Berghänge darum herum in ein fast unwirkliches Licht. Hin und wieder durchbrach der Ruf eines Nachtvogels die Stille.

Wohl um Mitternacht riss ein Schrei des Wächters Gernot und dessen Männer aus dem Schlaf. „Sie brennt … Mein Gott! Sie brennt! Sie haben die Burg angezündet!“

Alle sprangen auf und rannten zu dem Wächter. Als Gernot neben ihm stand, deutete der Wächter aufgeregt ins Tal. „Seht nur Herr, seht!“

Stumm sah Gernot auf seine brennende Burg. Flammen züngelten hell aus den Fenstern des Palas und von den Wehrgängen. Die Flammen breiteten sich rasend schnell aus und fraßen sich binnen Kurzem außen an den Palasmauern nach oben. Immer wieder brachen jetzt große Teile der Wehrgänge weg und stürzten, einen mächtigen Feuerschweif hinter sich herziehend, zu Tal.

Ruprecht trat neben Gernot. „Gott im Himmel! Nichts wird bleiben – nur schwarze Steine und verkohltes Holz. Wie konnten sie nur so bald gewusst haben, dass wir fort sind?“
„Sie war das ...“, murmelte Gernot heiser.
„Ihr ... Ihr denkt, s i e war es, sie hat uns an den Hauptmann verraten? Aber dann ... aber dann muss sie ja bei ihm gewesen sein!“
Gernot riss sich von dem Anblick der brennenden Burg los und warf einen Seitenblick auf Ruprecht. „Du warst es, der gesagt hat, sie wird sich an mir rächen wollen. Und was kann mich wohl mehr treffen als das da.“ Er wies mit der Rechten ins Tal. „Sie weiß, ich fürchte den Tod nicht – also kann mein Tod ihren Hass nicht befriedigen. Jetzt aber muss ich hilflos zusehen, wie meine Burg niederbrennt. D a s ist ihre Rache!“
„Aber ...“
„Nein! Ohne ihren Verrat würde der Hauptmann immer noch unten im Hohlweg darauf warten, dass uns der Hunger aus der Burg treibt. Hast du je einen seiner Kundschafter den Treppenweg heraufkommen sehen? Nein, weil er genau gewusst hat, der Kundschafter würde das nicht überleben. Und jetzt soll er auf einmal gewusst haben, dass wir fort sind – nach nur einem Tag...?“
Ruprecht schüttelte den Kopf. „Wie, bei allen Heiligen, hat sie wissen können, wann wir fliehen? Sie war doch schon vor uns fort.“
„Diese Hexe!“ knurrte Gernot. „Satans Verbündete! Sie kann Dinge sehen, die anderswo geschehen – oder die vielleicht noch gar nicht geschehen sind. Ich werde sie töten, Ruprecht,

das schwöre ich bei der brennenden Burg da unten. Unsere nächste Begegnung bringt ihr den Tod."

Bis in die späten Nachtstunden standen Gernot und seine Männer am Zugang zum Talkessel und sahen auf die brennende Burg hinunter. Keiner sprach ein Wort. Alle wussten, jetzt würden sie mit Gernot in die Fremde ziehen…

Die Flammen züngelten schwächer, sie hatten den größten Teil ihrer Nahrung verbraucht.
„Legt euch noch eine Weile schlafen", sagte Gernot zu den Männern und zog den Gurt mit dem Messer daran zurecht. Er wollte jetzt allein sein, und so ging er ohne ein weiteres Wort den Hang hinunter. Nach einer Weile blieb er auf einer kleinen Lichtung stehen und blickte ins Tal. Von der brennenden Burg war hier nur ein Lichtschein am Himmel zu sehen, der schwächer und schwächer wurde, je mehr die Morgendämmerung heraufzog.
Ein Geräusch – Gernot fuhr herum und sah dahin, von wo das Geräusch gekommen war. Zwischen zwei mannshohen Felsen am Rand der Lichtung stand reglos eine kleine, von Kopf bis Fuß in Schwarz gekleidete Gestalt.
„D u …", entfuhr es ihm. „Du bist das!" Er riss sein Messer aus dem Gurt und hastete mit langen Schritten über die Lichtung. Dann blieb er schnaufend vor Gundrun stehen und sah auf sie hinab. „Sieh dir diesen Platz genau an", zischte er. „Er ist das Letzte, was du auf dieser Welt siehst."
Ohne jede Furcht sah Gundrun zu ihm auf. „Wenn ich die Gesetze meiner Ahnen nicht geachtet hätte, würden deine

Gebeine schon in der Erde vermodern", erwiderte sie leise. „Und nicht zuletzt war es das Andenken an deinen Vater. Aber jetzt ..."
„Zum Teufel mit dir und deinen Ahnen!" Gernot machte noch einen Schritt auf Gundrun zu, holte mit der Rechten aus, um ihr das Messer ins Herz zu stoßen, doch die Hand mit dem Messer erstarrte. Etwas wie eine riesige unsichtbare Faust hieb gegen Gernots Brust, schleuderte ihn empor und warf ihn ein Stück weit weg von Gundrun rücklings zu Boden. Gernot wollte sich sofort wieder aufrappeln, doch er konnte sich nicht mehr bewegen. Arme, Hände, Beine, sein ganzer Körper: er war wie zu Stein erstarrt, lag da wie eine Statue ohne jedes Leben.
Alles, was er konnte, war, Gundrun anzustarren, die nun mit langsamen Schritten näher kam und dann stumm zu seinen Füßen stehen blieb. Ihre pechschwarzen Augen fingen an zu leuchten wie zwei glühende Kohlen, und Gernot spürte eine fast unerträgliche Hitze aus diesen jetzt hell lodernden Augen im Gesicht. Wollte sie ihn verbrennen? Nun kannte er ihre Macht und ihre Kraft, und dies würde wohl das Letzte sein, was er auf dieser Welt erfahren sollte. Wenn er nur die Augen schließen könnte - doch auch das gelang ihm nicht.
„Ich werde dich nicht töten." Diese Stimme - das war nicht die Stimme von Gundrun, wie Gernot sie kannte. Tief wie ein fernes Donnergrollen klang ihre Stimme jetzt, tief und mächtig. „Bei den Göttern, die diese Welt einst erschaffen und regiert haben: Ich verfluche dich, Gernot von Chamm!"
Jedes Wort traf Gernot wie ein heftiger Schlag, und jeder Schlag schmerzte am ganzen Körper. „Verflucht sollst du

sein für alle Zeiten – verflucht soll deine Seele sein. Wenn dein Leib stirbt, wird deine Seele niemals Ruhe finden."
Warum tötete sie ihn nicht, dann hätten der Schmerz durch das Feuer in ihren Augen und die Schläge durch ihre Worte endlich ein Ende …
„Du wirst tief im Fels deiner Burg gefangen sein, rastlos und ruhelos. Nur mein Tod wird dir die Erlösung bringen. Nur mein eigenes Ende kann dich aus dem dunklen Fels befreien, wenn dein Leib schon längst zu Staub zerfallen ist. Und du wirst den Tag herbeisehnen, an dem diese Welt zugrunde gehen wird und ich mit ihr, denn eher wirst du keine Ruhe finden."
Gernot spürte jetzt keine Schmerzen mehr, er spürte nur noch Gundruns kalten, grausamen Fluch tief in seinem Innern widerhallen – nie würde er ihn vergessen können, nicht ein einziges Wort.
Das lodernde Feuer in Gundruns Augen erlosch, und Gernot starrte in ihr Gesicht mit den nun wieder pechschwarzen Augen. Stumm nickte Gundrun ihm zu, drehte sich um und ging ohne jede Hast zu den beiden Felsen am Rand der Lichtung zurück.
Gernot spürte, wie die Rechte, die noch immer das Messer umklammert hielt, zu zucken anfing. Er versuchte, die Finger zu bewegen – sie gehorchten, und er konnte die Hand öffnen und das Messer loslassen. Er schlug die Augen zu und machte sie wieder auf, drehte den Kopf und bewegte Arme und Beine. Die Starre war von ihm gewichen, er konnte sich wieder bewegen.
Er setzte sich auf und sah zu den beiden Felsen, zu denen

Gundrun zurückgegangen war. Sie war fort. Ein heiseres Krächzen ertönte über ihm, und Gernot zuckte zusammen. Er legte den Kopf in den Nacken und sah einen riesigen schwarzen Vogel hoch oben im Licht der Morgendämmerung, der langsam ein paar Kreise zog und dann zu den Bergen hin abdrehte …

XIX.

Das hämische Lachen von irgendwo her aus Kunis Hütte erstarb so schnell, wie es ertönt war.
Über Mauerbrocken, zerborstenes Holz und unzählige Glasscherben trat Greg in die Hütte, blieb in der Mitte des Raums stehen und sah sich um. Gegenüber der Wand, in der die Haustür gewesen war, gab es eine gemauerte, offene Feuerstelle, schwarz vom Rauch und vom Ruß, die auch die übrigen Wände und den offenen Dachstuhl nicht verschont hatten. In der Ecke links von der Feuerstelle lagen alte Lumpen und Decken auf einem Haufen. Sonst gab es hier nichts: keine Möbel, kein Bett, kein Geschirr - nichts. Und der Raum, in dem Greg stand, war wohl auch der einzige in der ganzen Hütte.
Hier konnte niemand wohnen oder gewohnt haben, jedenfalls nicht in letzter Zeit. Doch wenn Kuni die war, für die Greg sie hielt, wozu hätte sie dann alle diese

Dinge des Alltags gebraucht? Die Hütte war wohl nur Fassade, eine Tarnung den Leuten aus dem Dorf gegenüber.

Dieser Lumpenhaufen da in der Ecke: Was war das für Zeug? Verbarg sich darunter irgendetwas? Greg trat näher und schnupperte. Den Geruch kannte er ... ja, das Zelt der Wahrsagerin auf dem Oktoberfest. Da drinnen hatte es genauso gerochen. Mit dem Fuß schob er ein paar Lumpen zur Seite – und sah die Umrisse einer Falltür im Bretterboden. Ob er doch nicht ganz umsonst hierhergekommen war ...?

Er schob die restlichen Lumpen und Decken mit dem Fuß weg und legte die Falltür ganz frei. Der Zugang, den sie verdeckte, konnte nicht allzu groß sein. An der Kante der Falltür war zum Hochziehen ein verrosteter Eisenring festgeschraubt.

Greg bückte sich und zog an dem Ring. Die Falltür hob sich knarzend und gab einen in den Fels gehauenen, ein paar Meter senkrecht nach unten führenden Schacht frei. An der rechten Wand des Schachts lehnte eine alte Holzleiter. Auf dem Grund des Schachts führte ein Stollen seitlich in den Fels.

Ob ihn die Sprossen der Leiter tragen konnten? Greg lehnte die Falltür an die Wand gegenüber, trat an den Rand des Schachts, bückte sich und setzte den rechten Fuß auf die oberste Sprosse der Leiter – sie knarzte, aber sie hielt. Er setzte den linken Fuß auf die nächste Sprosse, auch die hielt. Sprosse für Sprosse kletterte er nun hinunter, bis er auf dem Grund des Schachts stand. Er warf

einen Blick nach oben zu der Luke. Eine prächtige Falle war das für ihn, wenn Kuni es darauf anlegen sollte.
Greg drehte sich um, ging in die Hocke und warf einen Blick in den halb mannshohen Stollen vor sich. Er konnte nicht viel erkennen, denn das schwache Tageslicht von oben fiel nicht weit in den Stollen hinein, sodass da nur Dunkelheit war. Wohin hatte dieser Stollen einmal geführt – hinauf zur Burg?
Auf einmal wehte eiskalte Luft aus dem Stollen und strich über sein Gesicht. Greg rührte sich nicht und lauschte in den Stollen hinein. Was war das, woher kam der kalte Hauch? Er fühlte, wie die Kälte nicht mehr nur über sein Gesicht strich, nein, sie drang auch in seinen Schädel, in seine Gedanken, geradeso wie das Licht oben im Stollen auf der Burg … *„Fliehe … fliehe rasch … sie tötet …“*
Ein gequälter Schrei gellte durch Gregs Schädel, und er schloss einen Augenblick lang die Augen.
Von oben drangen auf einmal seltsame Geräusche an sein Ohr. Es hörte sich an, als ob Holz sich bewegen würde, als ob Steine zu Boden fielen …
Greg richtete sich auf, legte den Kopf in den Nacken und sah hinauf zur Luke des Schachts. Staub und Ruß rieselten von dort auf ihn herunter. Durch die Luke konnte er nicht viel erkennen – aber bewegte sich da nicht das offene Dachgebälk hin und her?
Nichts wie weg hier! So schnell er konnte, stieg Greg die Leiter hinauf. Die Sprossen knarzten und ächzten unter seinem Gewicht. Als er fast oben war, brach die vorletzte Sprosse unter seinem Tritt. Er hielt sich an der Kante des

Schachts fest, zog sich hoch und ließ sich seitlich auf den Boden der Hütte fallen.
Nicht nur das Dachgebälk war zum Leben erwacht. Auch die alten Mauern fingen jetzt an, sich zu bewegen. Doch sie drohten nicht einzustürzen, um ihn unter sich zu begraben. Die Mauern schoben sich von allen Seiten auf ihn zu; überstehende Mauerteile brachen weg und krachten in Staubwolken auf den Hüttenboden. Die Hütte war zum Leben erwacht, um ihn zu vernichten.
Greg sprang auf und rannte zu dem Loch in der Mauer, wo die Haustür gewesen war. Die ersten Dachziegel fielen herunter – und einer hätte Greg fast am Kopf getroffen.
Er rannte aus der Hütte, blieb dann stehen und drehte sich zu der Hütte um.
In dem Moment stürzte das Dach ein und riss die Wände in einer gewaltigen Staubwolke mit sich.
Tief Atem holend schaute Greg auf die zerstörte Hütte, die beinahe sein Grab geworden wäre. Die Stimme unten im Schacht, die in seinem Kopf gewesen war: Sie hatte ihm das Leben gerettet. Es war die gleiche Stimme gewesen wie die oben im Stollen auf der Burg – kein Zweifel. Also konnte es Gernot von Chamm gewesen sein, der Greg gewarnt hatte. Und dafür war er wohl bestraft worden. Aber wenn Greg der war, der Gernot würde helfen können, musste Gernot ihn einfach warnen, auch wenn er dafür bestraft wurde. Doch wie bestraft man eine erdgebundene Seele, verbannt in die Felsen ihrer einstigen Burg? Wie groß musste die Macht dieses Wesens sein, dass es so etwas vermochte? Greg musste noch einmal hinauf zur Burg und in den

Stollen, in dem er das Gesicht gesehen und die Stimme in seinen Gedanken gehört hatte – und zwar gleich! Vielleicht gelang es ihm, noch einmal mit der Erscheinung in Verbindung zu treten. Hier, an Kunis eingestürzter Hütte, würde er nichts mehr herausfinden können.
Greg wandte den Blick von der Hütte ab und schaute zu den Häusern des Dorfes ein ganzes Stück weit unterhalb. In ein paar Gärten und vor den Häusern standen Leute und sahen herauf. Ob sie wohl mitbekommen hatten, was hier geschehen war?

Greg kannte den Kiesweg von seiner ersten Wanderung auf den Burgfelsen – und doch war ihm, als würde er ihn zum ersten Mal gehen. Ob es daran lag, dass er zu wenig geschlafen hatte, denn der Weg kam ihm jetzt viel steiler vor als beim ersten Mal.
Als er an dem zugewachsenen Graben vorbeikam, von dem er angenommen hatte, das sei früher einmal der Hohlweg hinauf zur Burg gewesen, konnte er nicht mehr weitergehen. Er blieb keuchend stehen, beugte sich vor und stützte die Hände auf die Knie. Er rang nach Atem. Nur gut, dass gerade keine Wanderer unterwegs waren, die ihn so sehen konnten.
Das Kribbeln im Nacken kam ganz plötzlich. Greg richtete sich auf und sah sich nach allen Seiten um. Nichts, kein Vogelgezwitscher, nicht einmal Herbstblätter, die von den Bäumen auf den Waldboden taumelten. Er legte den Kopf in den Nacken und schaute durch die Wipfel der Bäume in den strahlend blauen Himmel. Hoch über dem Berg-

wald zog ein Vogel langsam und lautlos seine Kreise und stieg jetzt höher und höher. Greg starrte ihm nach, bis der Vogel nur noch ein dunkler Punkt am Himmel war, der schließlich abdrehte und über dem Bergwald verschwand. Schlagartig hörte das Kribbeln im Nacken auf, und Greg nickte stumm. Er würde erwartet werden oben auf dem Burgfelsen. Und er würde sicher daran gehindert werden, den Stollen noch einmal zu betreten …

Greg atmete tief durch und ging weiter. Doch schon nach ein paar Dutzend Schritten rang er wieder nach Atem wie ein vor dem Ertrinken Geretteter, und ihm war, als hätte er zentnerschwere Bleigewichte an den Beinen und müsste damit durch einen zähen knietiefen Sumpf waten. Jeder Schritt war eine Qual, und jeder Meter war ein Kampf gegen diesen immer steiler werdenden, verfluchten Kiesweg.

Ihm war längst klar, dass es nicht sein Körper war, der ihm den Dienst versagte. Es war *sie*, die verhindern wollte, dass er wieder in den Stollen oben auf dem Burgplateau kletterte.

Ein Stück weit vor der engen Kurve, die um den Felsblock herumführte, musste Greg abermals stehen bleiben. In seinem Kopf hämmerte und dröhnte es, als wollte es ihn jeden Augenblick zerreißen. Wie sollte er jemals bis hinauf auf den Burgfelsen kommen? War *sie* diesmal doch die Stärkere…?

Nein – also weiter! Und so watete er wieder Schritt für Schritt durch diesen unsichtbaren zähen Sumpf, und in seinem Kopf hämmerte und dröhnte es unentwegt. Doch

was war das? Da war noch etwas anderes, ein anderes Geräusch. Nicht in seinem Kopf, nein, es musste von irgendwoher aus dem Bergwald kommen.
Wieder blieb Greg stehen und wartete, bis es in seinem Kopf ruhiger geworden war. Dann sah er sich um und lauschte. Lachte da jemand? Aber wo? Hinter den Bäumen? Hier war doch niemand, die ganze Landschaft lag menschenleer da wie unter einem riesigen Vakuum. Wieder lachte jemand, leise und schadenfroh. Jetzt ertönte ein zweites Lachen, ein drittes ... Hinter jedem Baum drang dieses leise, schadenfrohe Lachen hervor - oder kam es von den Bäumen selbst? Ja, es hörte sich an, als würden die Bäume rings um ihn über ihn lachen, über ihn, den Dummkopf Greg, der sich mit einer Macht anlegen wollte, die er nicht auch nur im Entferntesten kannte. Er hatte genug: „Hört auf - und lasst mich weitergehen!"
Wieder jagte bei dem Gedanken der stechende Schmerz durch seinen Schädel - doch schlagartig war es mit dem Gelächter vorbei. Und es hämmerte und dröhnte jetzt auch nicht mehr. Nur noch Totenstille herrschte um ihn her, Totenstille wie in einem Vakuum.
Greg sah sich noch einmal um und ging dann weiter bergauf - fast mühelos jetzt, wie bei seiner ersten Wanderung auf den Burgfelsen. Er hatte den großen Felsblock zur Rechten schon fast erreicht, als er von weiter oben ein leises Schnauben hörte. Ein Reiter? Greg blieb stehen und lauschte, doch er konnte niemanden sehen. Und wieder hörte er dieses Schnauben, nicht mehr leise jetzt, sondern lauter und kräftiger. Das war ein Pferd, das da schnaubte,

und es musste schon sehr nahe sein, wohl auf der anderen Seite des großen Felsblocks.
Greg schüttelte den Kopf und ging weiter. Da tauchte der Reiter hinter dem großen Felsblock auf – und Greg blieb wie erstarrt stehen.
Eine riesige graue Nebelgestalt stampfte da auf ihn zu, nur den Umrissen nach als Ross und Reiter auszumachen. Eine wabernde und stampfende Einheit aus beidem war das. Acht mächtige Nebelläufe des Rosses gruben sich wie Säulen in den Kies des Weges und schleuderten mit jedem Tritt Sand und Steine auf. Der rechte Arm des gesichtslosen Nebelreiters fuhr nach oben – in der Hand eine riesige, doppelschneidige Streitaxt, ebenso nebelgleich wie die Hand und der Arm, die sie hielten. Die Reitergestalt lachte dumpf und dröhnend auf, und das Ross fing an zu galoppieren, während die Reitergestalt mit der Axt drohend durch die Luft fuhr …

XX.

Durch Raub und Fehde hatte sich das Geschlecht der Qiutzows zum mächtigsten märkischen Adelsgeschlecht aufgeschwungen.
Dies konnte nicht im Sinne des Statthalters, des Burggrafen Friedrich von Nürnberg aus dem Hause der Hohenzollern, sein. Und so machte er sich im Jahr 1414 auf, dem Treiben der Quitzows Einhalt zu gebieten. Burggraf Friedrich eroberte die befestigten Schlösser Friesack und Plaue, die den Quitzows gehörten, und konnte somit seinen und natürlich auch den Einflussbereich von König Sigismund sichern.
Burggraf Friedrichs besonderes Wohlwollen bei diesem Unternehmen galt einem kleinen Trupp von sechszehn Männern, die zusammen mit ihrem Anführer Gernot von Chamm entscheidend zum Gelingen beitrugen.
Wo Gernot focht, war stets der Mittelpunkt der Schlacht. Sein zweihändiges Schwert schlug wahre Schneisen in die Reihen der Gegner und mähte sie nieder wie mit einer Sense.

Die Krieger der Quitzows fürchteten ihn wie den leibhaftigen Teufel – und wünschten sich nichts sehnlicher, als ihn und sein verfluchtes Schwert zur Hölle zu schicken.
Und auch Gernots Männer beherrschten den Umgang mit Armbrust, Bogen und Schwert mittlerweile nahezu meisterhaft. Kein Pfeil, der nicht tödlich traf, kein Bollwerk, das sie hindern konnte, ihre Waffen siegreich einzusetzen.

Der Feldzug ging zu Ende, die Schlachten waren geschlagen, und Burggraf Friedrich ließ Gernot zu sich rufen. Gernot und seine Männer, das waren die Leute, die der Burggraf brauchte, um die Mark künftig verteidigen und sie auch halten zu können.
„Euer Vertrauen und Eure Großzügigkeit ehren mich und meine Männer, edler Herr“, erwiderte Gernot dem Burggrafen auf dessen Angebot hin. „Doch Ihr wisst, meine Dienste, die ich Euch angeboten habe, können nicht für lange sein. Meine Männer und ich sind nicht aus freien Stücken in die Welt gezogen, sondern weil unsere Burg in Schutt und Asche gelegt wurde. Aber niemand wird uns daran hindern, sie wieder aufzubauen, wenn die Zeit gekommen ist.“ Jetzt zog ein Lächeln über Gernots Gesicht. „Und mit Verlaub: Meine Männer haben Gefallen an der Schlacht und am Kampf gefunden – aber beides finden sie hier im Augenblick ja nicht mehr …“

Würde es wieder Krieg geben zwischen England und Frankreich? Steuerten die alten Feindseligkeiten, die im Jahre 1339 ihren Anfang genommen hatten, wieder auf einen blutigen Höhepunkt zu?

Es hieß, der junge englische König Heinrich würde wohl niemanden zurückweisen, der ihm seine Kriegsdienste anbot. Denn um die Stärke seiner eigenen Truppen stehe es nicht zum Besten. Obendrein verfüge er fast nur über Bogenschützen und über Fußvolk.

Daher machte sich Gernot von Chamm mit seinen Männern über den Kanal auf nach England, um dem englischen König seine Dienste anzubieten. Durch Zufall ergab es sich, dass Gernot gleich nach ihrer Ankunft an einem großen Turnier teilnehmen durfte.
Unter den Zuschauern war auch der König samt Gefolge, und der musste mit ansehen, wie dieser fremde Hüne die edelsten und besten Ritter des Inselreiches nacheinander in den Staub des Turnierplatzes warf. Bessere Laune als bei König Heinrich herrschte indes bei Gernots Männern, wenn sie nur an die Auslösesummen dachten, die die Besiegten an Gernot zu zahlen hatten.
Doch nach dem Turnier ließ König Heinrich Gernot zu sich kommen, denn er brannte darauf, den Mann kennenzulernen, der die Blüte der englischen Ritterschaft besiegt hatte.
„Uns wurde berichtet, Ritter Gernot, dass Ihr samt Eurem Gefolge in Unsere Dienste treten wollt?"
Gernot verneigte sich, wie die höfische Sitte es befahl. „So ist es, Sire."
König Heinrich dachte eine Weile nach, dann nickte er lächelnd. „Nachdem Ihr uns gezeigt habt, was Ihr auf dem Turnierplatz vermögt, schlagen Wir Euch einen Rollentausch vor, Herr Ritter: Nicht Ihr seid es, der als Bittsteller

vor Uns steht. W i r sind es, die Euch ersuchen, in Unsere Dienste zu treten."

Im Jahr 1415 schiffte sich König Heinrich mit seinem Heer in Southhampton ein und setzte über den Kanal. Gernot und seine Leute gehörten zu den wenigen Berittenen des nur knapp zehntausend Mann starken Heeres.
Nachdem sie Calais überrannt hatten, standen sie jetzt auf den Feldern bei Azincourt. Doch Krankheit und Hunger hatten die englischen Krieger zermürbt. Und so erwarteten sie den französischen Gegner, fast am Ende ihrer Kräfte, zur entscheidenden Schlacht.
Der Gegner ließ nicht lange auf sich warten. Ein Heer, wohl dreimal so stark und größtenteils aus gepanzerten Reitern bestehend, freute sich auf einen leichten, scheinbar gefahrlosen Sieg.
König Heinrich ahnte, dass allein schon die zahlenmäßige Überlegenheit des Gegners seinen Leuten den letzten Rest Mut rauben konnte. Und so packte ihn eine wilde Entschlossenheit, er schien überall gleichzeitig bei seinen Männern aufzutauchen, um sie mit flammenden Reden zu ermuntern. Niemand konnte sich dem Bann seiner Worte entziehen; auch Gernot und seine Männer lauschten den mitreißenden Reden dieses außergewöhnlichen [illegible]s.
Den Worten folgte der Lärm der Schlacht, das Gemetzel, die furchtbaren Schreie der Verwundeten und der Sterbenden. König Heinrichs wendigen Armbrust- und Bogenschützen gelang es, das geschlossene Heer der gepanzerten französischen Reiter zu sprengen, immer wieder kleinere Gruppen

von ihnen abzudrängen, um sie dann niederzumetzeln. Anrücken, zuschlagen - und sich gleich wieder zurückziehen. Dem konnten die französischen Ritter in ihren schweren Rüstungen nicht viel entgegensetzen. Sie waren gegenüber der Beweglichkeit des englischen Fußvolkes klar im Nachteil.
Gernot von Chamm, schon zu Anfang der Kämpfe seines Rosses beraubt, schlug seine eigene Schlacht. Wie ein Turm ragte er aus der Schar der Gegner, die ihn zu Ross und zu Fuß von allen Seiten bedrängten, um ihn zu Fall zu bringen. Sein zweihändiges Schwert verwandelte sich auch bei dieser Schlacht wieder in eine riesige wirbelnde Sense. Es durchschlug die Rüstungen, die Helme und die Kettenhemden der französischen Kämpfer, und es trennte Gliedmaßen und Schädel ab. Von oben bis unten rot gefärbt vom Blut der Erschlagenen, schlug Gernot brüllend immer wieder breite Schneisen durch die Truppen der Franzosen.

Der Tag verging, und die französischen Feldherren mussten erkennen, dass sie die Schlacht gegen das „Bauernheer" des englischen Königs verloren hatten. Zehntausend Gefallene hatten sie zu beklagen, davon einhundertsechsundzwanzig Fürsten und Edle.
König Heinrich von England nickte nur wortlos, als ihm ein Unterhändler der Franzosen die Nachricht überbrachte. Mehr noch als diese Nachricht erstaunten den König die eigenen Verluste: fünfundzwanzig Gefallene, und einige Hundert leicht Verwundete, darunter Ulrich und Konrad, dem ein französisches Schwert das rechte Ohr abgetrennt hatte.

König Heinrich ließ Gernot zu sich rufen und umarmte ihn ganz gegen jede höfische Sitte stürmisch wie einen alten, vertrauten Freund. „Wir haben gesehen, wie Ihr gekämpft habt, Ritter Gernot. Ares, Mars und Odin: Ihr vereinigt in Euch alle Kriegsgötter der alten Welt!"

Gernot und seine Männer blieben bis weit in den Sommer des Jahres 1416 hinein auf der englischen Insel. Für ihre Verdienste bei Azincourt hatte König Heinrich Gernot und seine Männer reich belohnt. Ruprecht war von König Heinrich zum Hauptmann ernannt worden, und für alle anderen aus Gernots Truppe gab es den Rang eines Korporals. Zudem konnte Gernot an einigen Turnieren teilnehmen, und die Auslösesummen, die er dabei erfocht, brachten ihn seinem Plan, heimzukehren und seine Burg wieder aufzubauen, immer näher.

In der letzten Augustwoche wollte Gernot endlich die Heimreise antreten. König Heinrich ließ ihn nur ungern ziehen. Seine Absicht war es gewesen, Gernot in den englischen Adelsstand zu erheben und ihn mit einem großzügigen Lehen auszustatten.
Gernots Männer freuten sich auf die Heimkehr - bis auf einen. Ruprecht und die Wirtin des Gasthofs, der ihnen monatelang als Quartier gedient hatte, waren sich im Laufe der Zeit sehr, sehr nahe gekommen. Die Wirtin war die Witwe eines der bei Azincourt gefallenen Kämpfer, und sie ließ keinen Zweifel daran aufkommen, dass sie durchaus bereit gewesen wäre, Ruprecht den Platz jenes Gefallenen ein-

zuräumen. Und Ruprecht konnte sich durchaus vorstellen, seinen Lebensabend an der Seite der hübschen Wirtin zu verbringen.
Und so folgte er denn Gernot auch nur mürrisch mit auf die lange Heimreise …

Zurück von der englischen Insel, verklagte Gernot den Herzog Ernst von Baiern umgehend auf Wiedergutmachung vor dem Königlichen Reichshofgericht. Diese Geschichte musste er aus der Welt schaffen, bevor er mit dem Wiederaufbau seiner Burg anfangen wollte. Doch seine Hoffnung, die leidige Sache schnell zu einem guten Abschluss zu bringen, erfüllte sich nicht.
Denn Herzog Ernst von Baiern, der als Beklagter ebenso vor dem Gericht erscheinen musste, brachte nun seinerseits eine Gegenklage vor, in der er Gernot der bewaffneten Gewalttaten und der Zerstörung herzoglichen Eigentums beschuldigte. Die Gewalttaten, begangen an den herzöglichen Kämpfern unter Feldhauptmann Bart, die Zerstörung, verübt an den beiden wertvollen Pulvergeschützen.
Zeugen wurden benannt und mussten gehört werden. Auch Feldhauptmann Bart erschien vor dem Hohen Gericht – und seine Aussagen entsprachen voll und ganz der Wahrheit, was Gernot in Erstaunen versetzte.
Nachdem er ausgesagt hatte, verließ der Feldhauptmann das Gericht, nicht ohne einen Augenblick lang bei Gernot zu verweilen: „Wir sehen uns wieder, Gernot. Und dann wird es Gerechtigkeit geben und kein Urteil, welches hier auch immer gesprochen werden mag …“

Wochen vergingen, bis Gernot das Hohe Gericht überzeugen konnte, dass der Klage des Herzog Ernst jegliche Grundlage fehle.
„ICH bin es, der Gewalttaten gegen mich und die Zerstörung meines Eigentums zu beklagen hat, Ihr Herren, und nicht der Herzog, der seine Truppen gegen meine Burg schickte!“, verteidigte sich Gernot. „Wenn das Recht eines freien Mannes noch gilt, sein Hab und Gut und seine Leute zu verteidigen – und mehr habe ich nicht getan –, so ersuche ich den Hohen Gerichtshof, die Klage des Herzogs zu verwerfen. Entscheidet Ihr in diesem Sinne, ihr Herren, werdet Ihr sehen, dass es der Herzog ist, der eine angemessene Wiedergutmachung für die Brandschatzung meiner Burg zu leisten hat …“
Am 08. Mai des Jahres 1417 erging das Urteil des Königlichen Reichshofgerichts: „Ritter Gernot von Chamm und seine Helfer werden wegen der vor der Burg des Beklagten begangenen Gewalttaten gegen den Herzog Ernst von Baiern freigesprochen. Die Forderung des Beklagten, eine Wiedergutmachung von dem Herzog Ernst von Baiern für den Verlust seiner Burg zu erhalten, wird abgewiesen.“

Gernot zügelte sein Ross am Rand einer kleinen Lichtung nahe dem heimatlichen Dorf, schwang sich aus dem Sattel und rückte den Schwertgurt zurecht. Dann drehte er sich zu seinen Männern um, die ihm durch den dichten Wald gefolgt waren, allen voran Ruprecht. „Seht über die Wipfel der Bäume, ihr Männer! Da ist der Felsen unserer Burg – er wartet auf uns!“
Ruprecht brachte sein Ross neben dem Ross von Gernot zum Stehen und blickte hinauf zum Burgfelsen, ein heller Fleck

im Licht der späten Nachmittagssonne mitten im Grün der Laubbäume. „Da oben warten ein paar rußige Mauerreste und vielleicht noch ein paar verkohlte Balken - also ein Haufen Arbeit für meine alten Knochen."

Über Gernots Gesicht zog ein Grinsen. „Deine englische Witwe hat dir wohl die Kraft geraubt? Wo ist der Ruprecht, den ich kenne - immer noch auf der englischen Insel?"

„Dieser Ruprecht ist hier an Eurer Seite, Gernot, wie immer. Wo auch sonst? Nur: Dieser Ruprecht ist kein kraftstrotzender Jüngling mehr, dem Gebrechen und Anstrengung fremd sind."

Die anderen scharten sich nach und nach um Gernot und Ruprecht und saßen ab, wie Ruprecht jetzt auch.

„Wie ist es, Herr Ritter, wollt Ihr noch heute hinauf zur Burg?", fragte Konrad. „Dann müssen wir zwischen Ruinen schlafen." Die drei Jahre hatten aus dem Jüngling einen selbstsicheren, stolzen Kämpfer gemacht, der im Umgang mit Armbrust und Bogen gerade so geschickt war wie mit dem Schwert. Nur seine einfache bäuerliche Herkunft verwehrte ihm die Ritterschaft, was Gernot zutiefst bedauerte. Doch wenn die Burg wieder aufgebaut war und Ruprecht seinen Aufgaben nicht mehr würde nachkommen können, dann sollte Konrad künftig dessen Stelle einnehmen.

Gernot schüttelte den Kopf. „Nein, wir reiten ins Dorf, und wir werden in nächster Zeit bei unseren Bauern wohnen. Deine Leute werden sich freuen, dich nach so langer Zeit wieder zu sehen." Er griff nach dem Zügel und schwang sich in den Sattel.

„Warum die Eile, Gernot? Ich habe drei Jahre auf diesen Augenblick gewartet! Da könntet Ihr mir doch ein wenig von Eurer Zeit opfern."

Gernot sah zum Waldrand zu seiner Linken, von wo die laute Stimme ertönt war. Ein Reiter kam in gemächlichem Schritt auf die Lichtung und hielt auf Gernot und dessen Männer zu. Der Reiter trug keinen Helm, und seine langen braunen Haare fielen ihm über die Schultern auf das Kettenhemd. Mit der Linken hielt er einen runden Schild ohne Wappen locker an der Seite über dem Schwertgurt.

„Du kommst allein, Bart?“, rief Gernot. Warum war er nicht im Geringsten überrascht über diese Begegnung? „Bist du krank, oder hat dir ein Zaubertrank Mut gemacht?“ Gernot sah zu seinen Männern. „Noch nicht aufsitzen“, flüsterte er ihnen zu. „Bleibt, wo ihr seid – und seid auf der Hut …“

Der Feldhauptmann zügelte sein Ross neben Gernot und sah Gernot unverwandt ins Gesicht. „Für das, was ich mit Euch zu regeln habe, brauche ich niemanden. Aber Eurem Mordgesindel soll es nicht an Gesellschaft fehlen.“ Er ließ die Zügel los, reckte den rechten Arm hoch und ballte die Hand zur Faust. Augenblicklich kam Fußvolk in breiter Reihe aus dem Wald und stellte sich am Rand der Lichtung auf.

Gernot zählte zwanzig Männer, alle in Kettenhemden und mit Helm, und mit Schwertern und langen Dolchen bewaffnet. Der Feldhauptmann suchte also wohl den Nahkampf Mann gegen Mann, Schwert gegen Schwert.

Gernot schüttelte den Kopf und erwiderte den Blick des Feldhauptmanns. „Worum geht es dir, Bart? Alles, was damals vor der Burg geschehen ist, gehört zu unserem Handwerk, zu deinem und zu meinem. Wenn dir so etwas zu viel ist, wäre es besser, du würdest fortan Kühe oder Schafe hüten.“

Der Feldhauptmann verzog die Mundwinkel. „Es gibt Leute, die mit dem Urteil des Hofgerichts nicht so ganz zufrieden sind. Leute, die Euch und Eure Mordbuben lieber tot gesehen hätten. Aber jetzt ist es mir lieber, dass ich Euch hier auf der Lichtung treffe, um mit Euch abzurechnen. Das könnte ich nicht, wenn Euch das Gericht zum Tode verurteilt oder in den Kerker geworfen hätte."

Gernot lachte auf. „Leute! Dein Herzog verlangt Genugtuung, die ihm seiner Ansicht nach vor Gericht nicht zuteil geworden ist! Und dir kam sein Befehl, mich und meine Leute zu überfallen wie gemeine Schnapphähne, mehr als gelegen."

Der Feldhauptmann bleckte die Zähne und grinste Gernot an. „Eure Worte, Gernot. Und jetzt steigt vom Pferd, wenn Ihr Manns genug seid, und lasst uns die Sache ein für alle Mal mit den Schwertern regeln."

Gernot sah kurz zu den Männern des Feldhauptmanns, und dann sah er zu seinen Leuten. Sie waren zum Kampf bereit, sie warteten nur noch auf ein Zeichen oder auf einen Befehl.

Gernot schwang sich aus dem Sattel und zog den Schwertgurt zurecht. „Eins will ich noch wissen, Bart, bevor du kalt und steif im Gras liegst: Warum zum Teufel hast du vor dem Hohen Gericht die volle Wahrheit gesagt? Warum hast du nicht versucht, dich und das, was du getan hast, in ein gutes Licht zu rücken? Du hast doch von Anfang an gewusst, dass der Angriff auf meine Burg nicht rechtens war und dass also deine Aussage dem Herzog nicht recht sein konnte."

„Ihr hört einfach nicht zu! Der Herzog wollte ein Urteil, das für euch alle den Tod bedeutet hätte." Der Feldhauptmann

hängte den Schild an den Sattelknauf, schwang sich vom Pferd und nahm den Schild wieder an sich. Er gab seinem Tier einen Klaps auf das Hinterteil, und es trottete leise wiehernd davon. „Wir haben aber bald eingesehen, dass wir mit so einem Urteil nicht rechnen durften. Und so haben wir beschlossen, der Gerechtigkeit ein wenig nachzuhelfen." Der Feldhauptmann zog sein Schwert und hielt es dann locker an der Seite. „Wenn man Euch in den Kerker geworfen hätte, wären wir beide jetzt nicht hier. Also musstet Ihr freigesprochen werden – und dafür brauchte es meine ehrliche Aussage."

Gernot nickte dem Feldhauptmann zu. „Ein feiner Plan, den du und der Herzog da ausgeheckt habt. Schade, dass nichts daraus wird." Mit der Rechten zog er das zweihändige Schwert, hielt es erst kurz ruhig an der Seite und ließ es dann wie in einem wirbelnden Tanz durch die Luft fauchen.

Dem Feldhauptmann schien der Atem zu stocken. Er hob sein Schwert und wich zwei Schritte zurück. Es ging nicht anders: Er m u s s t e gegen diesen Ritter kämpfen – und er musste ihn besiegen. Seit er vor mehr als drei Jahren auf dem Boden des Rittersaals gelegen hatte, über sich diesen Ritter mit dem Schwert und den Schmähungen, konnte er an nichts anderes mehr denken.

Gernot war die Unsicherheit des Feldhauptmanns nicht entgangen. Er ließ das Schwert sinken und lächelte dem Feldhauptmann zu. „Wie steht's, Bart, wo willst du sterben: gleich hier oder lieber ein Stück weit weg von unseren Männern, wo uns keiner stört?" Er zeigte mit der Schwertspitze nach rechts, wo am Waldrand eine alte Buche stand. „Wie wär's da drüben?"

Der Feldhauptmann nickte. „Wo ist Euer Schild, Euer Eisenhemd? Wollt Ihr so kämpfen, wie Ihr seid - nur mit dem Schwert?“
Gernot lachte schallend, schüttelte den Kopf und sah dann den Feldhauptmann mit einem belustigten Grinsen an. „Es wäre das erste Mal, dass ich einen Hasen mit Schild und im Eisenhemd erlege. Auch wenn der Hase das alles selber trägt. Nein, Bart, für dich ist mein Schwert mehr als genug; ein Holzknüppel würde es auch tun.“
Der Feldhauptmann umklammerte den Griff seines Schwertes so fest, dass die Knöchel der Hand weiß wurden.
Gernot sah es, und er spürte die Wut, die in seinem Gegner kochte. „Geduld, mein Guter, gleich darfst du zur Hölle fahren. Wenn wir anfangen, sollen dann unsere Männer auch anfangen?“
Der Feldhauptmann nickte nur wortlos.
Gernot sah erst zu seinen Männern, dann zu den Männern des Feldhauptmanns. „Ihr habt gehört, was abgemacht wurde! Gebt also gut acht, ihr alle, denn Barts oder mein erster Schwertstreich ist auch für euch das Zeichen!“
„Ist Euch der eine genug, oder sollen wir Euch noch ein paar von denen da übrig lassen?“, meinte Ruprecht zu Gernot, ohne die Männer des Feldhauptmanns aus den Augen zu lassen.
Gernot nickte ihm zu. „Hast du dir die Witwe endlich aus dem Kopf geschlagen, mein Alter. Das ist der Ruprecht, den ich kenne.“ Er deutete dem Feldhauptmann gegenüber eine Verbeugung an. „Dein großer Augenblick naht, Bart. Gehen wir.“

Seite an Seite schritten sie zu der alten Buche und stellten sich unter deren Blätterdach einander gegenüber auf.
Der Feldhauptmann hob sein Schwert und seinen Schild und ging in Kampfstellung. Gernot blieb breitbeinig stehen, den Zweihänder zu Boden gesenkt in der Rechten; die Linke hatte er über dem Hirschlederrock in die Hüfte gestemmt.
Verwirrt schaute der Feldhauptmann einen Augenblick lang zur Seite auf seine und auf Gernots wartende Männer.
„Was ist denn jetzt, du Hasenfuß?“ rief Gernot dem Feldhauptmann zu. „Fang endlich an, oder wir stehen morgen noch hier!“
Knurrend stürmte der Feldhauptmann mit erhobenem Schwert und Schild auf Gernot los, und sogleich hallte die Lichtung wider vom Kampfgeschrei der Krieger.
Der Feldhauptmann holte zu einem Schwerthieb von oben aus, wie um Gernots ungeschützten Körper der Länge nach zu spalten, und legte seine ganze Kraft in diesen Hieb.
Gernot stand immer noch da wie zuvor, doch jäh fuhr der Arm mit dem Zweihänder nach oben. Die Spitze der Waffe beschrieb einige beinahe anmutige Kreise und Drehungen und traf dann klirrend auf die Schwertklinge seines Gegners.
Den Feldhauptmann drehte es um die eigene Achse, sein Schwert flog in hohem Bogen davon und landete ein Stück weit hinter ihm im Gras. Den Schild in der Linken, fand der Feldhauptmann nur mühsam das Gleichgewicht wieder und starrte Gernot mit weit aufgerissenen Augen an.
Gernot ließ den Zweihänder sinken. „Du bist mir ja ein Kämpfer!“, rief er und spuckte aus. „Oben auf der Burg bist du damals nicht einmal meinem Tisch entkommen,

und jetzt verlierst du beim ersten Streich dein Schwert! Und d u willst der Gerechtigkeit zum Sieg verhelfen … du …? Jetzt hol dir dein Messerchen zurück, du Hasenfuß, denn ich erschlage keinen Unbewaffneten. Nicht einmal dich."

Der Feldhauptmann drehte sich wortlos um und ging los, um sein Schwert zu holen. Dann kam er zurück und stellte sich Gernot gegenüber wieder kampfbereit auf.

Über Gernots Gesicht zog ein Grinsen. „Von wo willst du dein Messerchen das nächste Mal holen, du Hasenfuß? Such es dir aus, mir soll jeder Platz recht sein."

„Ihr seid der Teufel in Menschengestalt!", schrie der Feldhauptmann auf einmal los. „Ihr seid mit den höllischen Mächten im Bunde, und Eure alte Hexe hat Euch damals auf der Burg mit dem Bösen …" Er verstummte, als hätte er in Gernots Gesicht sein Todesurteil gelesen.

Das Fußvolk des Feldhauptmanns konnte nicht bestehen gegen Gernots kampferprobte Krieger.

Ruprecht hatte gerade einem Widersacher das Schwert in die Brust gestoßen. Sechs gefallene Männer des Feldhauptmanns lagen bereits im Gras der Lichtung. Mit einem wuchtigen Schwerthieb trennte Konrad den Kopf eines Gegners vom Rumpf und stürzte sich sofort schreiend auf den nächsten. Sieben.

Ruprecht tauchte rasch unter dem Schwertstreich eines heranstürmenden Angreifers weg, vollführte eine leichte Drehung und streckte das rechte Bein. Der Angreifer stolperte – und hatte im nächsten Augenblick Ruprechts langen Dolch im Rücken.

Allmählich schienen die Männer des Feldhauptmanns zu begreifen, dass ihre anfängliche Übermacht dahin war und sie nun in der Minderzahl waren. Nicht einer von Gernots Kriegern lag bislang im Gras.
Und so ging es für die übrig gebliebenen Männer des Feldhauptmanns nur noch ums nackte Überleben.

Gernots Grinsen war jäh erstorben. Wie kam dieser elende Hasenfuß da vor ihm dazu, gerade jetzt von der Hexe Gundrun anzufangen?
„… Verflucht sollst du sein für alle Zeiten! Verflucht soll deine Seele sein …“
Stand er tatsächlich auf der Lichtung nahe dem Dorf, oder lag er immer noch im verdorrten Gras oben in den Bergen, außerstande, sich zu rühren? Gernot schüttelte den Kopf, aber das Bild blieb: Ja, er war in den Bergen, und s i e stand ihm gegenüber, stand bei der alten Buche, klein, zierlich, ganz in Schwarz und so starr wie die Buche hinter ihr. Und sie sah ihn mit ihren pechschwarzen Augen an, als wollte sie nie mehr jemand anderen ansehen als immer nur ihn, Gernot. Wenn diese Augen nur nicht wieder zu glühen anfingen!
Er musste wohl kurz eingeschlafen sein, und er erinnerte sich jetzt auch wieder an einen gar merkwürdigen und doch sehr klaren Traum: Zusammen mit seinen Männern war er in die Fremde gezogen. Drei Jahre waren sie fort gewesen, und sie waren bis nach England gekommen. Er hatte bei großen Turnieren gefochten, und mit seinen Männern sogar für den englischen König in Frankreich gekämpft. Was für ein Traum!

Jetzt hob Gundrun den rechten Arm, streckte die Hand aus und winkte ihm zu. „Komm zu mir, Gernot." Ihre heisere Stimme klang wie durch einen dichten Nebel. „Komm! Die Felsen deiner Burg warten auf deine Seele ..."

War er ihr wieder hilflos ausgeliefert? Konnte er denn nie gegen sie bestehen – weil sie über Kräfte verfügte, die so unendlich viel größer waren als die seinen? Zum Teufel mit ihr! Zum Teufel mit ihren Kräften, und zum Teufel mit ihrem Fluch! Er besaß auch eine Kraft, die für so manchen gar ein Fluch gewesen war. Sein Schwert, seinen Zweihänder, gegen den noch nie jemand hatte bestehen können. Und diesen Zweihänder würde sie jetzt zu spüren kriegen, die dreimal verfluchte Hexe ...

„Stirb!"

Gernots wilder Schrei scholl über die ganze Lichtung. Er riss den Zweihänder nach oben und stürzte sich auf den immer noch verwirrt dastehenden Feldhauptmann. Der konnte gerade noch den Schild schützend über sich halten, als auch schon Gernots Zweihänder durch die Luft fauchte und auf den Schild krachte. Der furchtbare Hieb zwang den Feldhauptmann fast in die Knie, und Gernot ließ nicht mehr von ihm ab. Hieb um Hieb sauste auf den Schild des Feldhauptmanns nieder. Der wich immer weiter zurück, den Schild über sich haltend, das Schwert zu Boden gesenkt in der Rechten.

Nicht lange, und Gernot würde seinen Schild in Stücke gehauen haben – und das wäre das Ende ... Der Feldhauptmann stolperte rückwärts über eine Wurzel, taumelte, und stieß mit dem Rücken hart gegen den Stamm der alten Buche. Jetzt konnte er nicht mehr vor und nicht mehr zu-

rück – er saß in der Falle. Seine Beine trugen ihn nicht mehr, und er sank unter Gernots Hieben auf den verbeulten Schild langsam zu Boden. Hier würde er sterben, an diesen Baum gelehnt, das Schwert kraftlos in der Rechten. Erschlagen wie ein Hund von diesem brüllenden Ungeheuer in Menschengestalt da vor sich.

Wieder donnerte einer von Gernots furchtbaren Hieben auf den Schild des Feldhauptmanns – der Schild zerbrach, und die beiden Teile fielen neben dem Feldhauptmann ins Gras. Schutzlos kauerte der jetzt vor seinem gnadenlosen Gegner.

Gernot packte das Schwert mit beiden Händen, holte weit aus und richtete sich dabei zu seiner vollen Größe auf.

Jetzt hatte er sie da, wo er sie haben wollte, die verfluchte Hexe! Jetzt würde sie s e i n e n Fluch zu spüren kriegen, den Fluch seines Schwertes, mit dem er sie spalten würde wie ein Stück trockenes Holz! Dann würde er endlich frei sein von ihr …

Mit tränenden Augen sah der Feldhauptmann zu Gernot auf. Wenn er jetzt noch einmal seine ganze Kraft zusammennehmen und Gernot das Schwert in den Leib rammen könnte, hoch aufgerichtet und ungeschützt, wie der da stand. Denn gleich würde der Zweihänder auf ihn herniedersausen und ihn der Länge nach zerteilen.

Der Feldhauptmann riss sein Schwert hoch und stieß es mit aller Kraft vor. Das Schwert drang unter dem Gurt durch den Lederrock tief in Gernots Leib. Der Feldhauptmann drehte das Schwert einmal um und ließ dann den Griff so plötzlich los, als hätte er sich die Finger daran verbrannt.

Gernot stand wie eine Statue vor dem kauernden Feldhauptmann, den Zweihänder noch immer erhoben, ließ den Kopf sinken und sah verwundert nach unten. Er sah das Schwert, dessen Klinge bis weit über die Hälfte in seinem Leib steckte, schüttelte den Kopf und richtete den Blick langsam auf den Feldhauptmann.
„Du?“, flüsterte er heiser. „D u hast das getan? Aber s i e war doch gerade noch …“ Die Stimme versagte ihm, der Zweihänder entglitt seinen Händen und fiel hinter ihm ins Gras. Gernot sank dem Feldhauptmann gegenüber auf die Knie, griff mit beiden Händen nach der Schwertklinge in seinem Leib und versuchte, daran zu ziehen. Warum nur konnte er das verdammte Ding nicht herausziehen – steckte es so fest in ihm? Oder fehlte ihm die Kraft dafür? Auf einmal wurde ihm schwarz vor Augen, und er sackte, die Schwertklinge in seinem Leib immer noch mit beiden Händen umklammernd, seitlich ins Gras.
Der Feldhauptmann holte keuchend Atem, kam dann langsam wieder auf die Beine und starrte lange auf den vor ihm liegenden Gernot. Da, wo das Schwert in dessen Leib steckte, färbte sich das Gras rot vom Blut des Ritters.
Der Feldhauptmann schüttelte immer wieder den Kopf, so als könnte er nicht glauben, was er da sah. Er riss die Arme hoch, ballte die Hände zu Fäusten und schüttelte sie wild über dem Kopf. „Ich habe dich besiegt, du … du dreimal verfluchter Hund!“ Seine Stimme überschlug sich. „Ich lebe – und du bist tot … tot … tot! Hörst du das? Du bist …“
Der schwere Armbrustbolzen traf den Feldhauptmann genau zwischen die Augen. Er zerschmetterte den Stirnknochen,

fuhr ihm durch den Schädel und nagelte ihn an den Stamm der alten Buche.

Gernot lag da, und der Untergrund schwankte heftig. Lag er in einem Boot mitten auf einem See und ein heftiger Sturm peitschte die Wellen? Oder träumte er das nur ...?

Er schlug die Augen auf und sah den tiefblauen Himmel über sich. Zur Linken tauchte verschwommen etwas Dunkles über ihm auf und kam näher. War das ein Gesicht?

„Er lebt!"

Gernot konnte nicht erkennen, wer es war. Der Stimme nach musste es Konrad sein ... irgendetwas stimmte wohl mit seinen Augen nicht.

„Ruprecht, er lebt! Er hat die Augen aufgemacht." Es war Konrad, ganz sicher. „Setzt die Trage ab, Männer!"

Gernot spürte einen Ruck, und jetzt schwankte es nicht mehr. Mehrere Gesichter tauchten auf. Gernot blinzelte; sein Blick wurde klarer, und er konnte neben Konrad und Ruprecht noch ein paar von seinen Männern erkennen.

Ruprecht hockte sich neben der Trage ins Gras. „Hört Ihr mich?"

Warum war es nur so mühsam, den Kopf zur Seite zu drehen, damit er Ruprecht besser sehen konnte? Und die Schmerzen in seinem Leib – wo kamen nur diese höllischen Schmerzen auf einmal her?

„Bewegt Euch nicht, Gernot", sagte Ruprecht leise. „Ihr müsst auch nicht reden. Ich erzähle Euch alles, und dann sehen wir zu, dass wir ins Dorf zum Bader Ambros kommen, damit er Eure Wunde versorgt."

Langsam kam jetzt auch die Erinnerung wieder: an den Kampf mit dem Feldhauptmann vor der alten Buche, und dass da auf einmal Gundrun war statt diesem. Und dass er, Gernot, sich nur noch gewünscht hatte, sie zu töten – und plötzlich war es dann doch wieder der Feldhauptmann gewesen … aber da steckte auch schon das Schwert tief in seinem Leib.

„Ich brauche keinen Bader mehr, mein Alter", flüsterte Gernot. „S i e hat meinen Verstand verwirrt, als ich mit Bart gekämpft habe. Ihr … ihr müsst sie finden, und ihr müsst sie…" Die Stimme versagte ihm, er hatte auf einmal keine Kraft mehr, zu reden.

Ruprecht legte ihm die Rechte auf die Stirn. „Es hat Euch böse erwischt. Ich habe das Schwert herausgezogen und das Blut gestillt, so gut ich konnte." Er nickte. „Bart ist hinüber. Ich habe ihn mit der Armbrust erledigt, als er sich über seinen Sieg gefreut hat. Wir waren gerade mit seinen Leuten fertig, als ich Euch fallen und ihn jubeln sah."

„Versteh doch", flüsterte Gernot wieder und blickte mit geweiteten Augen zu dem schwarzen Vogel hinauf, der hoch über ihnen ruhig seine Kreise zog. „Ihr … ihr müsst sie, die Hexe …"

XXI.

Der Nebelreiter kam näher und näher, und Greg wich zurück vor der gewaltigen Einheit aus Ross und Reiter. Wenn der Reiter die nebelartige Streitaxt nach ihm schleudern würde – ob sie ihn verletzen oder töten konnte? Oder sah er sich nur einem Trugbild gegenüber, erschaffen von der unheimlichen Macht, die nicht wollte, dass Greg noch einmal auf den Burgfelsen ging?
Besser gar nicht erst warten, bis der Reiter seine Axt schleuderte … „Gib den Weg frei und verschwinde. Du kannst mich nicht aufhalten!“ Bei dem Gedanken zuckte wieder der stechende Schmerz durch seinen Schädel, doch diesmal war er nicht so unerträglich wie zuvor.
Von da, wo der Mund des Nebelreiters hätte sein sollen, ertönte ein gellender Schrei. Die Umrisse von Ross und Reiter verloren sich, sie lösten sich auf, und die Nebelfetzen fingen an, sich wieder zu vereinen und sich in einem Wirbel immer schneller und schneller zu drehen.

Nichts erinnerte mehr an den Reiter auf seinem achtbeinigen Ross – da war nur noch eine rasend schnell sich drehende Nebelsäule, die auf einmal abhob und senkrecht in den blauen Himmel schoss, wo Greg sie zwischen den Bäumen aus den Augen verlor.

Am Wegweiser „Schuwenburg 10 Min." bog Greg auf den schmalen Pfad zum Burgfelsen ab. Ein leichter Wind kam auf, und Greg stieg jener Geruch nach Moder und etwas Uraltem in die Nase, jener Geruch, der ihm auch im Zelt auf dem Oktoberfest entgegengeschlagen war. Er blieb stehen und sah sich um. Wie schon auf dem ganzen Weg war niemand da, er war ganz allein hier oben.

„Scher dich zum Teufel", murmelte er und ging weiter. „Glaubst du, ich habe noch Angst vor dir?"

Er näherte sich der mächtigen uralten Eiche, deren Wurzelwerk den Pfad zum Burgfelsen überwucherte wie ein Netz. Der leichte Wind wehte immer noch, aber warum bogen sich mit einem Mal die gewaltigen Äste der Eiche wie in einem heftigen Sturm? Der alte Baum warf seine verbliebenden braunen Blätter ab, als wollte er sich ihrer auf einmal entledigen.

Greg stieg über die ersten dicken Wurzeln der Eiche, da brach mit einem Mal vor ihm die Erde auf. Eine armdicke Wurzel schnellte fauchend empor und versperrte ihm den Weg. Erde und Geröll flogen durch die Luft und trafen Greg, der wie erstarrt stehen geblieben war. Die untersten Äste der Eiche bogen sich zu ihm herab, als wären sie aus weichem Knetteig. Und dabei ächzte das alte Holz so laut,

dass es in Gregs Ohren klang wie die Schreie eines zu Tode verwundeten Tieres. Die Äste griffen nach Greg, wanden sich blitzschnell um seine Beine und um seinen Oberkörper, eine Umklammerung, aus der er nicht entkommen konnte. Und die Äste um seinen Brustkorb drückten fester und fester zu. Warum nur brachen sie nicht? Und wie lange würde er so noch atmen können? Greg wusste, jeder Versuch, sich aus der tödlichen Umklammerung der Äste zu befreien, war sinnlos.
Jetzt war es an der Zeit, an andere Kräfte zu denken …
„Willst du, dass ich den Burgfelsen zerstöre?“, rief er, so laut er konnte. „Er hütet dein Geheimnis. Ich werde ihn so zerschlagen, dass du die Steine danach im ganzen Tal suchen musst! Mir bleibt genug Zeit – so schnell kann dein Baum mich nicht töten. Lass mich frei, oder ich zerschmettere den Felsen in tausend Stücke!“
Die Äste drückten nicht mehr weiter zu, sie blieben, wie sie waren. Kannte er jetzt die Grenzen dieser Macht – wusste er jetzt, wo ihre verwundbare Stelle war? Dann war er dieser Macht gegenüber im Vorteil, denn sie war sich über seine Kräfte wohl immer noch nicht im Klaren – sonst hätten ihn die Äste der Eiche schon zerquetscht.
Ein eiskalter Windstoß wehte Greg ins Gesicht. *„Was soll deine Drohung?“* Leise, geflüsterte Worte, die der Wind mit sich trug. *„Ich kann dich jederzeit und an jedem Ort töten, Gregori. Aber du lebst. Den Felsen zerschmettern – du Träumer …“* Die Stimme verwehte und der eiskalte Wind hörte ebenso plötzlich auf, wie er gekommen war. Die Äste fingen wieder an zu knacken und zu ächzen.

Brachten sie ihr Werk jetzt zu Ende? Nein, sie lösten sich von Greg und gaben ihn wieder frei. Er sah zu, wie die Äste sich einer nach dem anderen nach oben bewegten und sich zurück in die Baumkrone bogen. Dann stand die Eiche wieder ruhig und majestätisch am Wegrand wie wohl seit Hunderten von Jahren.

Greg holte ein paarmal tief Atem und sah sich um. „Du wirst mich nicht daran hindern, auf den Felsen zu gehen“, murmelte er. „Entweder ich gehe hinauf, oder der Felsen kommt herunter - such es dir aus.“ Es blieb still, kein Geräusch, kein Windhauch störte mehr die Ruhe des Bergwaldes.

Wenig später kam Greg zu den in den Fels gehauenen Steinstufen, dem Zugang hinauf auf den Burgfelsen. Er blieb stehen und sah sich wieder um. Totenstille. Und doch wusste er, dass sie irgendwo hier war, dass sie ihn beobachtete und dass sie jeden seiner Schritte kannte. Und wenn schon ...

Greg stieg die ersten Stufen hinauf, sah kurz auf die Baumwipfel zur Linken und kam bald darauf zu dem kleinen Plateau auf der Hälfte des Weges. Er blieb stehen, sah abermals auf den Bergwald hinunter, atmete tief durch und schloss einen Moment lang die Augen.

... Zwei Männer in einem schmalen, dämmrigen Flur. Der eine ein Hüne von einem Mann und der andere ein älterer Mann mit eisgrauen Haaren und einem ebenso grauen Vollbart. Der Hüne war Gernot von Chamm, kein Zweifel - aber wer war der andere?

„Hat der Hauptmann noch etwas zu dir gesagt?“

„Er nahm sein Schwert und zog die nassen Reisekleider über. Ich habe ihn zum Tor gebracht…“
Greg machte die Augen auf und schüttelte den Kopf. Was waren das für Bilder gewesen? Eine Szenerie wie ein Ausschnitt aus einem Film, mit ihm, Greg, mittendrin.

Das Plateau war ebenso menschenleer, wie es der ganze Weg hier herauf gewesen war. Greg ging zu dem Maschendrahtzaun, der um die beiden Schächte im Fels gespannt war, blieb davor stehen, legte den Kopf in den Nacken und sah in den blauen Herbsthimmel. Kein Vogel diesmal, der seine Kreise über dem Burgfelsen zog; nur der Kondensstreifen eines Flugzeugs war zu sehen.
Er stieg über den Maschendrahtzaun und kletterte an der selben Stelle der Wand den Schacht hinunter wie schon beim ersten Mal. Wieder kroch er auf allen vieren durch den kurzen Verbindungsstollen zu dem zweiten Schacht, von dem aus der Stollen in den Fels führte. Und wieder hatte er – wie schon beim ersten Mal – keine Taschenlampe dabei.
Er kroch in den Stollen, richtete sich auf und stand dann abermals auf der verfallenen Treppe, die tief in den Burgfelsen führte.
Stufe um Stufe tastete er sich nach unten. Er hatte wohl die Hälfte der Stufen zum Ende des Stollens geschafft, als er jäh ein leichtes Beben unter den Füßen verspürte. Das Beben wurde stärker und stärker, und schon lösten sich die ersten kleinen Felsbrocken von der Decke des Stollens. Er blieb stehen und stützte sich mit beiden Händen an

der Stollenwand ab. Was, wenn sie jetzt den Spieß umdrehen und ihrerseits den Burgfelsen zerstören wollte? Dann saß er in der Falle, aus der es kein Entkommen gab. Seltsamerweise verspürte er keinerlei Panik oder Furcht bei dem Gedanken. Er war schon zu sehr in diese mysteriöse Geschichte verstrickt, als dass er jetzt noch umkehren oder gar aufgeben wollte. Er wusste, dies hier war seine Bestimmung, dies hier würde über sein weiteres Schicksal entscheiden. Es ging wohl nur noch darum, wer am Ende der Stärkere sein würde: er oder diese Macht auf Leben und Tod …

„Lass die Spielchen!", sagte er laut. „Und hüte dich, den Felsen zu zerstören. Aber *ich* würde es jederzeit tun – auch wenn ich draufgehe dabei."

Das Beben hörte auf, und Greg stieg im Dämmerlicht weiter Stufe um Stufe nach unten, bis er vor der Felswand stehen bleiben musste, die den Weg versperrte. Genau wie beim ersten Mal legte er auch jetzt wieder die Handflächen auf den kalten rauen Fels. Mit der Rechten strich er über den fingerbreiten Spalt, in dem er den rötlichen Schein gesehen und die Stimme gehört hatte. Nichts geschah.

„Ich bin hier, Gernot", sagte er leise. „Deine Botschaft war, ich solle sie töten, damit du frei wirst. Wer ist *sie*? Gegen *wen* muss ich kämpfen?"

Nichts.

Er schloss die Augen … *Mehrere Männer, alle gekleidet wie Krieger, stiegen vor ihm die Steintreppe eines dunklen Stollens hinunter, jeder mit einer brennenden Fackel in einer Hand. Er verschloss die schwere Bohlentür, in deren Rahmen er gewartet hatte, sorgfältig mit einem alten Schlüssel, nahm eine Fackel aus der Wandhalterung neben der Tür und folgte dann den anderen in die Tiefe …*

Ein brennender Schmerz in den Handflächen holte Greg in die Gegenwart zurück. Er riss die Augen auf, löste die Hände von der Felswand und wich einen Schritt zurück. Die Felswand fing an zu glühen. Erst war es nur ein rötlicher Schein, doch der wurde immer heller, bis er den niedrigen Stollen in gleißendes Licht getaucht hatte. Plötzlich schlugen kleine Flammen aus dem Fels, und beißender Qualm nahm Greg fast die Luft zum Atmen.

Doch bevor er die Hände schützend vor das Gesicht halten konnte, war der Spuk auch schon wieder vorbei. Die Flammen verloschen, der Qualm verzog sich, und der Stollen lag wieder im Dämmerlicht wie zuvor. Aber etwas war in der Felswand geblieben, etwas hatte sich, immer noch glühend, tief darin eingebrannt.

Greg trat wieder näher an die Felswand. War das ein Wort, das da vor seinen Augen glühte? Ja, es war ein Wort, geschrieben in einer Schrift, wie man sie wohl im Mittelalter benutzt hatte: HUGIN.

Was bedeutete dieses Wort? War es ein Name? Ein Ort? Irgendwann vor langer Zeit hatte Greg dieses Wort schon einmal gehört oder gelesen, doch er erinnerte sich nicht mehr an die Bedeutung.

Gebannt starrte Greg auf das Wort, das nun mehr und mehr verblasste und wohl schon bald nicht mehr zu sehen sein würde.

HUGIN.

„Ist das der Schlüssel, Gernot?“, murmelte Greg. Nichts. Alles blieb still. Er nickte. Hier würde er nichts mehr erfahren, er musste die Lösung woanders suchen ...

Greg hockte oben auf dem Plateau am Rand des Schachts, legte den Kopf in den Nacken und sah in den tiefblauen Herbsthimmel. Jetzt zog wieder ein schwarzer Vogel lautlos seine Kreise über dem Burgfelsen.
„Komm nur“, sagte Greg leise. „Diesmal rupfe ich dir die Federn einzeln aus.“
Der Vogel gab heiser krächzend Antwort, drehte dann ab und verschwand zum Massiv des Heimgartens hin.
Greg wandte den Blick vom Himmel ab und starrte auf den Grund des Schachts.
HUGIN.
Mit glühenden Buchstaben in den Fels gebrannt. Es klang nach Märchen- oder Sagenwelt ... Sagenwelt – natürlich! Die Götterwelt der alten Germanen, die „lichten Götter“, die Asen. Donar mit seinem Hammer, Baldur und Loki. Längst vergessenes Schulwissen, irgendwann einmal eingepaukt und dann wieder aus dem Gedächtnis verloren.
Und nicht zuletzt war da noch Wotan gewesen, die höchste Gottheit der Germanen, der König von Walhalla, begleitet von seinen beiden Gefährten – den Raben MUNIN und HUGIN.

XXII.

Das Haus von Bader Ambros stand am Rand des Dorfes an dem schmalen Weg, der zur Burg hinaufführte.
In dem aus groben Feldsteinen gemauerten Anwesen gab es nur ein Erdgeschoss mit drei winzigen Räumen. Die hinteren beiden Räume dienten dem Bader als Wohnraum und als Schlafraum. Im vorderen Raum schnitt er Haare, setzte Schröpfköpfe, renkte Gliedmaßen ein, ließ zur Ader, zog Zähne und behandelte Wunden.
Ambros, ein großgewachsener Mann Mitte fünfzig, war viele Jahre mit Pferd und Wagen durch das Land gezogen, ehe sein Weg ihn hierher geführt hatte.
Schon am Tag seiner Ankunft im Dorf hatte Ritter Arnold von Chamm ihn auf die Burg holen lassen. Ein verfaulter Zahn quälte ihn, und als Ambros ihm den Zahn samt Wurzel zog, brüllte der Ritter vor Schmerzen und wünschte Ambros die Pest und die Hölle an den Hals. Letztendlich aber hatte Ambros ihn aus seiner Not erlöst, und wer

konnte schon sagen, wann man seine Dienste wieder brauchen würde.
„Du bist ein Leuteschinder, Bader", hatte Ritter Arnold danach geknurrt und sich die Backe gehalten. „Aber du verstehst dein Handwerk. Unten im Dorf steht ein kleines Anwesen; du bist auf dem Weg hier herauf daran vorbeigegangen. Es ist leer, du kannst es haben. Also lass das Herumziehen und bleib. An Arbeit wird es dir nicht mangeln…"
Am Morgen nach dem Kampf zwischen Gernot und Feldhauptmann Bart saß Ambros zusammen mit Ruprecht auf der Holzbank vor dem Haus. Am Tag zuvor hatten Gernots Männer hinter dem Haus ein behelfsmäßiges Lager errichtet, wo sie schlafen konnten.
Die Sonne schickte die ersten Strahlen in den neuen Tag, doch Ruprecht starrte nur stumm zu Boden.
Sie hatten den Ritter auf der Trage zu Ambros gebracht. Und der hatte nur den Kopf geschüttelt, als er die klaffende Wunde des Ohnmächtigen untersucht und versorgt hatte.
Ungeduldig hatten die Männer vor dem Anwesen gewartet, nur Ruprecht hatte am Krankenlager gestanden und Ambros bei der Arbeit zugesehen.
„Da kann niemand mehr helfen." Ambros hatte erst den Kopf geschüttelt, und dann Ruprecht mit geweiteten Augen angesehen. „Ein Wunder, dass er noch lebt; jeder andere wäre längst tot. Ein, zwei Tage noch, vielleicht weniger. Ich sage deinen Männern Bescheid."
Ruprecht hatte nur wortlos genickt, einen Stuhl aus der Ecke des Zimmers geholt, sich ans Krankenlager gesetzt und bis zum Morgengrauen Wache gehalten.

Jetzt hob Ruprecht den Kopf und sah blinzelnd in die Morgensonne. „Ich kann nicht glauben, dass er nicht mehr sein wird, Bader", murmelte er. „Wie oft war er verwundet und wie oft hat er dem Tod getrotzt! Wenn wir an seiner Seite gekämpft haben, waren wir unsterblich, weil wir wussten, mit ihm konnten wir nur siegen. Rette ihn, Bader, denn was soll werden, wenn er nicht mehr ist..."

Ambros schüttelte den Kopf. „Da ist nichts zu retten, mein Freund. Das Schwert hat die Eingeweide zerfetzt, und niemand kann sie wieder richten, kein Chirugus, kein Medicus und erst recht kein einfacher Bader."

Ruprecht schaute zum Bergwald hinauf, wo die Spitze des Burgfelsens im Licht der Morgensonne leuchtete. „Wir wollten die Burg wieder aufbauen, Bader. Größer und schöner, als sie je war. Geld dafür ist genug da. Jetzt wird da oben nie mehr eine Burg stehen – und mit Gernot stirbt der Letzte seines Geschlechts. Und wir, seine Männer, werden uns in alle Winde zerstreuen."

Nach einer Weile des Schweigens sah Ambros Ruprecht von der Seite an und nickte. „Die Jüngeren von euch werden ihr Auskommen finden. Du bist der Älteste. Bleib bei mir als mein Gehilfe, es wird für uns beide reichen. Oder wie lange willst du noch in der Welt herumziehen und mit dem Schwert um dein täglich Brot kämpfen müssen?"

Ruprecht zuckte mit den Schultern. „Du bist ein guter Mensch, Bader, bist es immer gewesen. Aber ich und ein Badergehilfe? Ich habe in den letzten drei Jahren mehr Menschen erschlagen und erschossen, als du in deinem ganzen Leben Leute geheilt hast. D a s ist mein Handwerk, davon verstehe i c h etwas." Er zeigte mit dem Daumen über die rechte Schulter. „Geh hinunter zur Lichtung. Da ist der Hauptmann mit einem Bolzen durch den Schädel an einen Baum genagelt. Das war mein Werk, ich..." Er lauschte, denn durch die offene Tür war leises Stöhnen gedrungen.

„Er ist wach", sagte Ambros. Die beiden standen auf, gingen ins Haus und traten an Gernots Krankenlager.

Ruprecht erschrak, als er sah, wie Gernot sich verändert hatte. Das war der Tod, der ihn da in Gestalt des Ritters ansah, mit bleichem, hohlwangigem Gesicht und mit Schweiß auf der Stirn. Ruprecht beugte sich zu ihm hinunter.

„Wünscht Ihr etwas, Gernot?"

Gernots Lippen bewegten sich erst nur lautlos, es kostete ihn wohl unendliche Mühe, Worte zu formen und zu sprechen.

„Sag dem Bader, er möge kurz hinausgehen", flüsterte er schließlich heiser. „Was ich dir ... dir sagen will, geht nur uns beide an."

Ambros nickte. „Ich habe schon verstanden, Herr. Ich warte draußen und schaue später nach Eurer Wunde." Er drehte sich um und ging aus dem Zimmer.

„Näher ... Ruprecht, kann ... kann nicht laut reden."

Ruprecht beugte sich ganz dicht über Gernot.

„Gut ... so", flüsterte Gernot. „Mir bleibt wenig Zeit. Ihr ... ihr müsst mir einen letzten Dienst erweisen, du ... du und die Männer. Sucht sie ... sucht die verdammte Hexe ... müsst sie finden, hörst du ... ihr müsst sie finden." Gernot holte ein paarmal röchelnd Atem, bevor er weitersprechen konnte. „Bringt mir ... bringt mir ihren abgeschla-

genen Kopf … hier an mein Lager … muss ihn sehen…"
Ruprecht richtete sich auf und sah Gernot mit geweiteten Augen an. „Gundrun…? Ich werde es tun, Gernot, aber wer weiß, ob sie noch hier lebt? Und wenn nicht, wo sollte ich sie suchen?"
Wieder bewegten sich Gernots Lippen, doch er brachte kein Wort mehr heraus. Nur zwei dünne Blutfäden liefen auf einmal aus den Mundwinkeln über die Wangen und auf das Krankenlager.
Ruprecht nickte. „Ruhig, Gernot, bleibt ruhig. Wir werden sie suchen, ich wecke…"
„Ihren … Kopf …" flüsterte Gernot kaum noch hörbar. „Und schaut … schaut nach dem Vogel … dem Vogel …" Er verstummte und schloss die Augen.
Ruprecht sah auf den daliegenden Ritter. Seit jener Nacht, als sie vom Bergwald aus auf die brennende Burg hinabgesehen hatten, war Gernot davon überzeugt, dass Gundrun sie an den Feldhauptmann Bart verraten hatte. Aber warum genügte es ihm nicht, dass sie einfach tot war? Warum wollte er um jeden Preis ihren abgetrennten Kopf sehen? Und warum sollten sie nach einem Vogel Ausschau halten?
Ruprecht wandte sich ab, ging durch die offen stehende Tür aus dem Zimmer und blieb draußen neben der Holzbank stehen, auf der Ambros wieder Platz genommen hatte. „Ich breche mit den Männern auf, Bader. Wir bleiben aber in der Gegend und werden so schnell wie möglich zurückkommen – frag mich nicht, warum." Er schwieg eine Weile und blickte zu Boden, dann warf er einen Seitenblick auf Ambros. „Wo die alte Gundrun wohl stecken mag? Sie war einfach fort, als wir damals in die Fremde gezogen sind."

Ambros zuckte mit den Schultern. „Das weiß keiner, wo die geblieben ist. Ist auch besser für sie, wenn sie bleibt, wo sie ist. Die Leute im Dorf würden sie auf der Stelle totschlagen – auch nach so langer Zeit."

„Warum?"

„Als der Hauptmann und seine Männer eure Burg niedergebrannt hatten, blieben sie noch ein paar Tage im Dorf, um sich für die Heimkehr zu rüsten. In der Zeit hat man die Alte oft im Lager des Hauptmanns gesehen. Im Dorf kam das Gerücht auf, sie hätte eure Flucht verraten, sodass der Hauptmann die Burg sicher einnehmen und niederbrennen konnte. Als er mit seinen Leuten abgezogen war, war auch die Alte spurlos verschwunden."

Ruprecht konnte nur wortlos nicken; seine Kehle war wie zugeschnürt. „D a s ist ihre Rache …" hatte Gernot damals gesagt, und er, Ruprecht, war voller Zweifel gewesen. Jetzt wusste er es besser, und jetzt gab es zwei Menschen, die den Kopf der Alten wollten: Gernot u n d ihn, Ruprecht.

Gernot von Chamm fühlte keine Schmerzen mehr, und die Grenzen zwischen Wachsein und Schlafen verschwammen. Hin und wieder konnte er die Augen öffnen, und dann wusste er, dass er immer noch im Haus des Baders lag und lebte. Und das waren dann die Augenblicke der Angst, der Angst, tot zu sein, noch ehe Ruprecht die verfluchte Hexe gefunden und ihr den Kopf abgeschlagen hatte. Sie musste v o r ihm tot sein – nur so würde er ihrem Fluch entgehen … „Nur mein Tod kann für dich die Erlösung sein." Wieder gleitet er hinüber in das Sein zwischen Leben und

Tod; doch jetzt spürt er seinen Körper nicht mehr. Eine Stimme, da ruft eine Stimme nach ihm, sie ruft seinen Namen, leise und wie von weit her, und doch so fordernd, dass er ihr folgen muss. Das Zimmer, in dem er lag, gibt es plötzlich nicht mehr - er geht in die Dunkelheit im Fels seiner zerstörten Burg. Der Fels nimmt ihn auf, er verschmilzt mit ihm und sie werden eins. Er kann nicht mehr hören und er kann nicht mehr sehen. Aber fühlen kann er, was um den Fels herum vorgeht. Und er weiß auf einmal um die Dinge, die ihm sein ganzes Leben lang verborgen geblieben waren. Er kennt nun die Macht, die ihn einst verflucht hatte, er weiß um ihre Herkunft, und er kennt ihren Namen.

Sie ist nie weit fort, sie bleibt nah und wacht über den Felsen und über ihn. Alles ist eins: Vergangenheit, Gegenwart und Zukunft. Es gibt keine Zeit mehr, es gibt nur noch ihn im dunklen Fels …

Dann fühlt er, wie die Macht, die ihn gefangen hält, unruhig wird. Ein Mann betritt den Kreis der Macht, fordert die Macht heraus - und er, Gernot, kennt diesen Mann nur zu gut.

Er weiß, nur dieser Mann kann ihn befreien; er muss diesem Mann nur den Weg zeigen. Zwischen der Macht und diesem Mann entbrennt ein Zweikampf, den die Macht dazu nutzen will, mehr über die Kräfte dieses Mannes zu erfahren, denn sie hat lange schon Pläne mit ihm …

„Er ist wieder eingeschlafen", murmelte Ambros und deutete mit einer Kopfbewegung auf den reglos daliegenden Gernot.

„Gleich nach dem ihr aufgebrochen seid. Er wird … “ Ein greller Blitz tauchte das Zimmer in gleißendes Licht, und das ganze Haus erbebte unter dem schmetternden Donner. „Verdammtes Gewitter! Wenn es nur nicht einschlägt“, fuhr Ambros fort. „Seit gestern geht das schon so. So etwas habe ich noch nie erlebt.“

Ruprecht nickte und legte Gernot die Rechte auf die kalte Stirn. „Uns hat es oben in den Bergen überrascht. Auf einmal war es da.“

Jetzt prasselte auch noch heftiger Regen auf das Dach und gegen die Fenster des Hauses, begleitet von ununterbrochenem Blitz und Donner.

Die ganze Gegend um das Dorf herum hatten Ruprecht und die Männer nach Gundrun abgesucht. Doch wen sie auch fragten, niemand wusste etwas über sie. Zuletzt war Ruprecht zusammen mit Konrad und ein paar der Männer zur Ruine der Burg gegangen. Vielleicht hauste sie ja doch noch irgendwo da oben.

Und so suchten sie zwischen den zerfallenen Mauerresten und den verkohlten Balken nach Spuren von Gundrun – und ahnten doch, dass die ganze Sucherei vergeblich war.

Auf dem Rückweg ins Dorf waren sie dann von dem Gewitter überrascht worden. Ruprecht wies die Männer an, bei den Bauern im Dorf um trockenes Quartier zu bitten; er selber sah zu, dass er so schnell wie möglich zum Haus von Ambros kam.

Jetzt stand er zusammen mit Ambros an Gernots Lager und löste die Hand wieder von der Stirn des Ritters. Wie gern nur hätte Ruprecht dem Ritter den letzten Wunsch erfüllt!

Ambros beugte sich über Gernots leblosen Körper, tastete mit den Fingern der Rechten nach dessen Hals und ließ sie dort eine Weile ruhen. „Er hat's überstanden, Ruprecht", murmelte er. „Gernot von Chamm ist tot." Ambros zog die Hand zurück, richtete sich wieder auf und sah Ruprecht an. „Wirst du … was ist, was ist da draußen?"

Ruprechts Gesicht war kalkweiß, und er starrte mit weit aufgerissenen Augen zum Fenster hinter Ambros. Ambros drehte sich um und sah ebenfalls zum Fenster. Ein von unzähligen Falten durchzogenes Gesicht, umrahmt von langen, schlohweißen Haaren sah zu ihnen herein, immer wieder weiß aufleuchtend im Licht der grellen, zuckenden Blitze. Zwei glühende Punkte anstelle der Augen zogen die beiden Männer am Lager des toten Ritters einen Moment lang in ihren Bann.

„Du …!" Ruprecht riss seinen langen Dolch aus dem Gurt, hastete um das Lager herum zum Fenster.

„Jetzt fährst du zur Hölle, du dreimal verfluchte …" Ein mächtiger, feuriger Blitz fuhr in Ambros Haus und verwandelte es sogleich in ein tosendes Flammenmeer.

Aber es gab niemanden mehr, der den Flammen zu entkommen versuchte …

XXIII.

Es dämmerte schon, als Greg den Empfangsraum des „Gasthof zur Birke“ betrat und geradewegs auf den Tresen zusteuerte.

Anton hockte auf dem Stuhl hinter dem Tresen und blätterte in einer Zeitschrift. Jetzt blickte er auf und sah Greg an, der vor dem Tresen stehen blieb und sich mit beiden Händen darauf stützte.

„Na servus, wie schaust denn du aus? Bist wieder da drobn in den alten Löchern herum kraxld?“

Greg lächelte. „Sieht man das?“

Anton stand auf und legte die Zeitschrift auf den Tresen. „D‘Chefin is wieder vom Krankenhaus da. Du kannst danach gern mit uns essen, aber mach dich vorher a bissl frisch, sonst wirds gleich wieder eingliefert, wenns‘d so daher kommst.“

„Wie geht’s ihr denn?“

„Sie schläft noch. Schmerzen hat‘s keine mehr.“

Greg nickte. „Gibst du mir meinen Schlüssel? Ich mach mich frisch. Bis später."

Greg stand unter der Dusche, hatte den Kopf in den Nacken gelegt und ließ das heiße Wasser über Haare, Gesicht und Körper laufen. HUGIN.
Einer der beiden Raben des Germanengottes Wotan. Es war verrückt, total verrückt. Er, Greg, hatte sich wohl mit den Göttern der alten Germanen angelegt – eine andere Erklärung gab es für ihn im Augenblick nicht. Aber wie konnte er sich mit etwas anlegen, was es so gar nicht gab, was es so auch nie gegeben hatte. Etwas, was ganz und gar ins Reich der Mythen und Sagen gehörte?
Mit seinem alten Schulwissen würde er nicht weit kommen – nein, er musste entweder im Internet recherchieren oder sich Literatur über die Germanen und ihre Götter besorgen. Vielleicht half ihm das, was er herausfinden würde, ja auch dabei, Gernot von Chamm zu befreien …

Greg betrat den Gastraum und entdeckte Karin Busch und Anton an einem der Ecktische. Anna war wohl noch in der Küche. Draußen war es inzwischen dunkel. Die mit bunten Stoffen bespannten Lampenschirme an der Holzdecke des Gastraums spendeten ein angenehmes, fast schummriges Licht.
Greg ging an den Tisch, rückte sich einen der schweren Holzstühle zurecht und setzte sich Karin Busch gegenüber. Ihr Gesicht unter dem leichten Kopfverband war blasser, als er es in Erinnerung hatte.

Greg lächelte und nickte ihr zu. „Schön, Sie zu sehen, Karin. Geht's einigermaßen?"
Ein wenig zaghaft erwiderte sie sein Lächeln. „Alles ist besser als Krankenhaus - daheim sein sowieso. Und der Verband kommt in ein paar Tagen auch weg."
Anna kam herein und trug das Abendessen auf: gebackene Forelle mit Kartoffeln und Salat.

Später schob Anton seinen leeren Teller zur Seite und sah Greg an. „Da is was Seltsams passiert heut in der Früh. Du warst vielleicht a halbe Stund weg, da solls auf einmal auf der Wiesn da zum Bergwald nauf a richtig kleines Beben gehabt haben. Hast du nix gmerkt?"
Greg schüttelte den Kopf - er wusste, was jetzt kam ...
„Also i war im Haus, i hab nix gmerkt", fuhr Anton fort. „I kenn die Gschicht bloß von den Leuten aus dem Dorf. Kinder sind später nauf zu der Wiesn, sind aber gleich wieder ganz aufgregt zurückkommen: die Hüttn von da alten Kuni sei eingstürzt, bloß noch kaputte Balkn und Mauerreste wären übrig - du musst doch was mitkriegt haben!"
Was hätte Greg ihm antworten sollen? Dass er mit der Kraft von irgendwelchen russischen Vorfahren die halbe Mauer samt der Tür zerstört hatte? Dass Kuni ihn danach hatte erschlagen wollen, und dass er nur überlebt hatte, weil er gerade noch rechtzeitig herausgekommen war - aber auch nur, weil der Geist von Gernot von Chamm ihn gewarnt hatte? Hätte er Anton das alles erzählen sollen?
„Ich hab's eilig gehabt heute morgen, hinauf ins Gebirge zu kommen", antwortete er stattdessen. „Ich war schon oben

im Wald.“ Er zuckte mit den Schultern und nickte Anton zu. „Beben oder nicht: die Hütte wäre über kurz oder lang ganz von allein zusammengefallen, Anton, glaub mir. Da hat‘s nicht viel gebraucht. Und das Beben kann vom Einsturz einer unterirdischen Höhle stammen, das soll im Gebirge vorkommen.“

Anton zog die Augenbrauen hoch und nickte nachdenklich. „Ja … vor vier oder fünf Jahr hat‘s das schon einmal ghabt, jetzt erinner ich mich.“ Ein Grinsen zog über sein Gesicht. „I bin fast aus‘m Bett gfalln wegen dem verdammten Stoß.“

Greg wollte das Thema wechseln. „Von Bergen und Höhlen habe ich erst einmal genug. Die letzten Tage möchte ich noch ein bisschen faulenzen und vielleicht ein gutes Buch lesen. Gibt es hier im Dorf eine Bücherei?“

Karin Busch schüttelte den Kopf. „Im Dorf nicht. Drüben in der Marktgemeinde haben sie eine Bücherei, die ist ziemlich gut sortiert. Vielleicht finden Sie da auch etwas über die Geschichte des Dorfes und der Burg.“

„Nein. Was ich wissen wollte, weiß ich jetzt“, erwiderte Greg rasch. Das war kein Thema für Karin Busch! „Es war ein langer Tag und ich bin hundemüde. Vielleicht haben sie in der Werkstatt morgen mein Auto fertig. Wo finde ich die Bücherei, Karin, ich kenne die Marktgemeinde kein bisschen.“

Sie beschrieb Greg den Weg, wonach die Bücherei im Ortskern zu finden sein musste. Greg stand auf, wünschte eine gute Nacht und ging auf sein Zimmer.

Kein berstendes Fenster, kein schwarzer Vogel und auch kein Albtraum störten seinen tiefen Schlaf in dieser Nacht …

„Du frühstückst, als ob's ab Mittag nix mehr gibt." Anton schüttelte den Kopf und klopfte Greg auf die Schulter. „Wenn das bei dir faulenzen is, dann interessiert mich schon, wie des bei dir ausschaut, wenns dir einmal pressiert."
Greg hatte zusammen mit Karin Busch und Anton gefrühstückt. Jetzt schob er die Kaffeetasse zur Seite und lächelte. „Das macht das Stadtleben, Anton. Das legst du nicht von heute auf morgen ab." Er musste den beiden ja nicht erzählen, dass er es kaum erwarten konnte, in die Marktgemeinde Murnau zu fahren und in der Bücherei dort nach Literatur über die Welt der Germanen zu suchen.

In der Werkstatt hatten sie den Unfallschaden am Geländewagen behoben, und so fuhr Greg nun bei strahlendem Herbstwetter auf der Bundesstraße von Ohlstadt nach Murnau.
Er folgte der Beschilderung „Tiefgarage am Kurpark" und stellte den Geländewagen in der Tiefgarage ab. Von dort kam er durch das angrenzende „Kultur- und Tagungszentrum" direkt zur Gemeindebücherei, die in einem Nebentrakt des Gebäudekomplexes untergebracht war.
Greg öffnete die Glastür, trat ein und sah sich um. Er war wohl der einzige Besucher. Linker Hand saß an einem Schreibtisch eine ältere Dame mit Brille und blickte in ihren PC-Schirm. Greg ging zu ihr und blieb vor dem Schreibtisch stehen. „Guten Tag."
Die ältere Dame sah von ihrem Bildschirm auf, nahm die Brille ab und sah Greg neugierig an. „Grüß Gott. Kann ich helfen?"

Greg nickte. „Ich suche etwas über die Welt der Germanen: Götter, Sagen, alles, was irgendwie damit zu tun hat.“
Die ältere Dame überlegte einen Moment, dann zeigte sie mit dem Finger an Greg vorbei auf die langen Regalreihen, die von einem Ende des hallenartigen Raumes bis zum anderen Ende standen. „Dritte Reihe links am Fenster: Nordische Mythologie. Da finden Sie alles, was wir zu dem Thema haben. Hinter den Regalreihen gibt es einen kleinen Leseraum.“
„Danke.“ Greg nickte der älteren Dame zu, drehte sich um und ging zu den Bücherregalen. Vor der dritten Reihe blieb er stehen. „Nordische Mythologie“, stand in großen schwarzen Buchstaben auf einem PC-Ausdruck an der Seitenwand des Regals. Er trat vor das Regal und überflog die Titel auf dem Buchrücken. Beim wohl zehnten Buch verharrte er: „Religionen und Mythen des Altertums: Die Asen – Götter der germanischen Welt.“

Kurz darauf saß Greg in einem der Sessel im verwaisten Leseraum und schlug das erste Kapitel auf.
… Die Götterwelt teilte sich in Gut und in Böse, in Licht und in Dunkel. Die lichten Götter waren die Asen, ihre Feinde waren die Riesen. Der lichte Gott Donar herrschte über das Gewitter, er schützte den Ackerbau, und er schlug mit seinem Hammer, dem Blitzstrahl Malmer, den harten Bergriesen auf die felsigen Häupter … Baldur, der Gott des Frühlingslichts, starb am Tag der Sonnenwende … Loki, der Gott des Feuers, wandte sich zuletzt gar gegen die Asen …

Der höchste Gott der Asen aber war Wotan, der König von Walhalla ... Wotan brauchte Helden, die sein Heer stärken sollten, darum säte er Zwietracht und Krieg unter Könige und Völker. Wenn nötig, zauberte er, unsichtbar durch seine Tarnkappe, und flog mit seinem Zaubermantel.

Der Gott der Kriege war Tyr, und er war Wotans Sohn. Wotans Ross, Sleipnir mit den acht Beinen ...

Greg ließ das Buch sinken und starrte auf den grauen Teppichboden. Der Nebelreiter, der ihm auf dem Weg zur Schuwenburg entgegengeritten war: ein Bildnis Wotans? Greg hob das Buch wieder und las weiter ...

Wotan ritt niemals allein. Stets begleiteten ihn die beiden Wölfe Geri und Freki wie auch die Raben Munin und Hugin. Sprachforscher hatten herausgefunden, dass die Namen der beiden Raben dieselbe Bedeutung hatten wie die Namen der ersten Gattinnen des olympischen Zeus: Metis und Mnemosyne. Übersetzt hießen die beiden „Gedächtnis“ und „ guter Rat“.

... Schließlich geschah es, dass sich die Asen im Kampf gegen ihre Feinde, die Riesen, schuldig machten ... Die Asen, die Tragbalken der Weltordnung - sie wurden morsch. Sie brachen die Ehe und die Treue, sie wurden bestechlich und habgierig. Neid und Eifersucht ergriffen von ihnen Besitz und sie begingen Mord und Totschlag ... Das würden sie sühnen müssen; die zum Glauben erhobene Sage kündigte den letzten Kampf zwischen Asen und Riesen an ... Und so rückte der Tag des großen Weltenbrandes immer näher ...

Doch aus der Asche sollten sich dereinst eine neue Welt, eine neue Erde und ein neuer Himmel erheben … Die Zeit der alten Götter würde endgültig vorüber sein – und unschuldige Söhne sollten die wiedererstandene Welt neu beleben …

Gregs Blick flog über die Zeilen des restlichen und noch eines weiteren Kapitels. Er wollte mehr über den Raben Hugin erfahren, doch die Begleiter Wotans wurden nicht mehr erwähnt.

Greg klappte das Buch zu. Sein Blick schweifte durch eines der Panoramafenster über den benachbarten Kurpark weiter zum Berg Heimgarten bei Ohlstadt. Hugin, der Rabe Wotans. Sicher würde gleich jemand in den Leseraum kommen, ihn, Greg, in den Arm zwicken und ihm erklären, dass er das alles nur geträumt habe. Aber niemand kam …

Das Kribbeln im Nacken war so plötzlich und so heftig da, dass Greg zusammenzuckte. Das Buch entglitt seinen Händen und fiel zu Boden. Er fuhr von seinem Sessel auf und blickte hastig um sich. Aber da war niemand.

Und doch – *sie* war hier, weil *sie* wusste, dass er hier war …

Greg stürmte aus dem Leseraum und an den Bücherregalen vorbei auf den Schreibtisch der älteren Dame zu. Sie war wieder in ihren Bildschirm vertieft und bemerkte Greg wohl gar nicht.

„Ist gerade jemand hier gewesen?“, fragte er laut und blieb vor dem Schreibtisch stehen. Die ältere Dame sah etwas irritiert von ihrem Bildschirm auf; diesmal nahm sie die Brille nicht ab.

„Äh … ja. Eben war eine alte Frau hier. Sie ist vielleicht vor zwei Minuten …“
„Eine kleine alte Frau, ganz schwarz angezogen?“, unterbrach Greg sie.
Die ältere Dame nickte. „Ja. Sie hat ein kleines Buch bei mir abgegeben und hat gemeint, es wäre für Gregori und ich soll es ihm geben. Sind Sie Gregori?“
„Ja - Augenblick, bin gleich wieder da!“ Greg machte auf dem Absatz kehrt, hastete zur Glastür der Bücherei, riss sie auf, betrat die Empfangshalle des „Kultur- und Tagungszentrums“ und sah sich um. Rechter Hand ging es zum Hauptportal, und von dort aus kam man wohl in den Ortskern von Murnau. Linker Hand entdeckte Greg eine große Glastür, hinter der sich der weitläufige Kurpark vor dem gewaltigen Alpenpanorama erstreckte. Wenn, dann hatte sie das Gebäude durch diese Tür verlassen – was sollte sie schon im belebten Zentrum des Ortes wollen?
Greg eilte durch die Empfangshalle zu der Tür zum Kurpark, öffnete sie und trat ins Freie. Niemand. Am Südende des Kurparks entdeckte er eine mächtige Tanne, von deren Spitze sich soeben ein riesiger schwarzer Vogel in die Lüfte erhob. Er stieg höher und flog dann gemächlich zum Gebirge nach Süden hin davon.

XXIV.

Es sah aus, als würden die gewaltigen Schwingen des Vogels wie in Zeitlupe durch die Luft schlagen. Wollte er, dass Greg auch ganz sicher mitbekam, wohin er fliegen würde…?

Das Kribbeln in Gregs Nacken hatte aufgehört. Das Buch – das Buch, das sie für ihn in der Bücherei hinterlegt hatte! Er riss sich vom Anblick des majestätisch dahingleitenden Vogels los und ging mit langen Schritten zurück in die Bücherei.

Die ältere Dame stand jetzt kerzengerade hinter ihrem Schreibtisch und empfing Greg mit einem nicht gerade freundlichen Blick. „Was wird das? Zuerst taucht diese seltsame alte Frau hier auf und gibt ein Buch für Sie ab. Und dann stürzen Sie hinter ihr her?“

Greg blieb vor ihrem Schreibtisch stehen, schüttelte den Kopf und zwang sich zu einem Lächeln. „Das ist eine lange Geschichte – Familie, Sie verstehen?“

Die ältere Dame nickte. „Es geht mich ja auch nichts an." Sie griff mit der Rechten unter die Schreibtischplatte und legte dann ein schmales, in schwarzes Leder gebundenes Büchlein vor Greg hin. Das Büchlein war mit einem dunklen Lederband mehrfach umwickelt; die Enden des Lederbandes waren zusammengeknotet.

Die ältere Dame seufzte. „Familie … ja ja. Da haben Sie das Ding."

Greg nahm das Büchlein und nickte der älteren Dame zu. „Meine Verwandte ist nur ein bisschen seltsam, mehr nicht. Danke jedenfalls." Er drehte sich um, verließ die Bücherei und machte sich wieder auf den Weg in den Kurpark.

Nicht weit von der Tanne am Südende des Kurparks setzte sich Greg auf eine Holzbank und knotete das Lederband, mit dem das Büchlein umwickelt war, behutsam auf. Dann schlug er den Ledereinband auf – und sah handgeschriebene Zeilen in zierlicher, verschnörkelter Schrift auf vergilbten Pergamentseiten.

Die Zeilen schilderten die Geschichte der Asen, der lichten Götter der Germanen. Sie erzählten von deren Kampf gegen die Riesen, von ihrer Schuld und von ihrem Untergang.

Greg ließ das Büchlein sinken. Nichts Neues – so ähnlich hatte er das alles gerade in der Bücherei gelesen. Also warum hatte sie ihm diese Zeilen zukommen lassen? Aber er war ja erst am Anfang der Geschichte …

Greg hob das Büchlein wieder hoch und las weiter:

… Die lichten Götter wussten, sie würden ihrem Verderben nicht entgehen. Doch wer sollte ihnen dereinst folgen, wer

das Erbe antreten, wer eine neue Welt, einen unberührten Himmel aus der Asche schöpfen? Wer sollten die Söhne sein, die die jungfräuliche Erde dereinst beherrschen würden?
Und wer sollte sie zeugen, die Söhne, wer sie gebären, waren doch die Alten dem Untergang geweiht? Wieder war es die treueste Gefährtin des Gottes aller Götter, die den Weg zeigte: Hugin, die Ratgeberin, nahm die Verzweiflung von denen, die dem Untergang geweiht waren. Doch um ihre Pläne in die Tat umsetzen zu können, würde sie fliehen müssen, um so dem Verderben zu entkommen.
Der oberste Gott selbst ließ sie menschliche Gestalt annehmen, schenkte ihr Unsterblichkeit und Kräfte, die eines Gottes würdig sein sollten. Als ein altes Weib wollte sie durch die Zeiten wandern und Ausschau halten nach den würdigen Söhnen der neuen Welt …
Greg sah von dem Büchlein auf und starrte mit geweiteten Augen ins Leere. Das war es – er hatte den Schlüssel gefunden! Dann las er weiter:
… und ausgestattet von Wotan auch mit der Gabe, Künftiges zu sehen; und nicht nur als altes Weib, sondern in jeder ihr gefälligen Gestalt zu wandeln, wenn ihr dies ratsam erscheinen sollte. Sie durfte in den Gedanken eines Menschen lesen wie in einem Buch, sobald sie in die Augen jenes Menschen blickte. Und so vermochte sie auch die Leiden der Menschen zu erkennen und zu heilen. Aber stets würde sie bei allem, was sie auch tat, auf der Hut sein müssen, um ihr wahres Wesen nicht zu verraten. Dies – und nur dies – würde das Ende ihrer Unsterblichkeit und so ihren unausweichlichen Tod bedeuten!

Ihr großes Ziel aber, ihre große Aufgabe musste stets sein, nach den Söhnen der neuen Welt zu suchen, ihre verborgenen Kräfte aufzuspüren und sie auf ihre Bestimmung vorzubereiten. Dabei würden jene aber harte Prüfungen zu bestehen haben – und wer verzagen sollte, der wäre dem sichern Tode geweiht…!

Abermals ließ Greg das Büchlein sinken. Ein kalter Schauer lief ihm über den Rücken. Da standen sie geschrieben, die Antworten, die er gesucht hatte. Hugin: die Gefährtin Wotans, Hugin: der schwarze Vogel, Hugin: in Gestalt der alten Kuni, und in Gestalt der Wahrsagerin auf dem Oktoberfest.

Wo und wie und wann hatte sie die Kräfte seiner russischen Ahnen erkannt, und wie lange war sie den Spuren dieser Kräfte schon gefolgt? Als er, Greg, in ihr Zelt auf dem Oktoberfest gekommen war, wusste sie da, dass er es war, den sie gesucht hatte? Denn nur wegen dieser Kräfte, denen sie gefolgt war, hatte er, Greg, ihr Zelt wohl überhaupt wahrnehmen können.

Im Zelt hatte sie ihm dann in die Augen sehen können – und sein ganzes Leben hatte vor ihr gelegen wie ein offenes Buch. Sie kannte nun seine Neigung für die Vergangenheit, für Ritter, Burgen und Legenden – und sie kannte seinen Plan, nach Ohlstadt zu fahren und der Geschichte der Schuwenburg auf den Grund zu gehen. Nun wollte sie ihn prüfen, wollte herausfinden, ob er denn einer der würdigen Söhne sein könnte, nach denen sie suchen musste. Also würde sie alles versuchen, Greg von seinem Vorhaben abzubringen: sie würde ihn warnen,

sie würde ihm drohen, sie würde ihn gar in Lebensgefahr bringen. Hätte er zu irgendeiner Zeit aufgegeben, konnte er keiner ihrer *würdigen Söhne* sein.
Wollte sie wirklich die Götterwelt der alten Germanen neu entstehen lassen? Und sollte er, Greg, einer dieser neuen Götter sein? Es hielt ihn nicht mehr auf der Bank. Achtlos ließ er das Büchlein fallen, stand auf und holte tief Atem. Das war doch alles Irrsinn – wie konnte *er* Teil von etwas werden, das es nie gegeben hatte? Er, Greg, ein mysthisches Wesen, eine germanische Gottheit! Das war doch alles schon lange vorbei, es gab keine Germanen mehr, also gab es auch ihre Götterwelt nicht mehr. Die Welt hatte sich in den Jahrhunderten ... Jahrtausenden völlig verändert – wo sollte da noch Platz sein für die Götter einer versunkenen Welt? Und doch: *Sie* gab es, *sie*, Hugin, die Gefährtin Wotans, die als altes Weib – oder in welcher Gestalt auch immer – hier und jetzt lebte. Sie war kein Hirngespinst und sie ließ sich nicht verdrängen!
Die andere Frage war: Warum hatte sie den Ritter Gernot von Chamm vor langer Zeit verflucht? Wie hatten die beiden zueinander gestanden? Hatte sie in ihm auch einen der Auserwählten gesehen – der dann aber ihre Erwartungen nicht erfüllt hatte ...?
Greg bückte sich, hob das Büchlein vom Boden auf, setzte sich wieder auf die Bank und las weiter:
... Und die Welt der lichten Götter versank in Glut und Asche – die stolzen Asen waren nicht mehr. Hugin, die Ratgeberin, zog ruhelos durch die Welt, als Rabe oder in weib-

licher Gestalt, wie die Umstände es ihr befahlen. Sie lebte bei den alten Stämmen, aber sie blieb nie lange an einem Ort, obgleich sie hoch geachtet war ob ihrer Weisheit und ihrer Gabe, die Gebrechen und die Leiden der Menschen zu lindern und zu heilen. Die Ältesten der Stämme suchten ihren Rat – sie aber suchte den Fragen der Menschen zu entkommen, der Begierde danach, zu wissen, wer sie war und woher sie kam. Zu drohend stand ihr vor Augen, dass sie sterben musste, würde sie dem Drängen der Begierigen nachgeben. Aber sie durfte nicht sterben, sie musste leben, denn ihre Bestimmung verlangte es.

Und so sah sie Völker kommen und groß werden und wieder vergehen, verweht wie die Blätter im Sturmwind. Herrscher, Fürsten und Könige kamen und gingen, jeder sich seiner Größe und der Unvergänglichkeit seiner Taten gewiss und doch flüchtig wie die Zeit, in der er lebte und wirkte. Keiner der vielen schien der Ratgeberin würdig genug, keiner konnte vor ihren Augen bestehen.

Die Menschen verehrten einen neuen Gott. Sein Zeichen war das Kreuz, an das sie ihn geschlagen hatten. Die neuen Zeiten waren schwer für die Ratgeberin, denn die Menschen suchten ihr Heil jetzt im Zeichen dieses Kreuzes. Für sie aber gab es nur noch Hohn und Spott; man bedrohte sie und man jagte sie: Hexe!

Ihre Weissagungen und ihre Kraft zu heilen hieß man nun das Werk des Bösen, des Teufels, denn der neue Glaube ließ es nicht zu, dass die Menschen etwas anderes in ihr sehen durften als eine Tochter der finsteren Mächte.

Also zog sie weiter durch die Welt und folgte still und unbemerkt ihrer Bestimmung. Sie sehnte sich danach, die Söhne zu finden, denn nur ihnen würde sie dereinst offenbaren dürfen, wer sie war und woher sie kam …

Abermals ließ Greg das Büchlein sinken. … *nur ihnen würde sie dereinst offenbaren dürfen …*

Er musste also einer ihrer „Söhne“ sein; das Büchlein war so etwas wie ein Beweis. Warum sonst hätte sie es ihm zukommen lassen?

Greg legte den Kopf in den Nacken und starrte in den blauen Himmel. Gernot von Chamm. Wenn sie diesen aus Hass oder aus Rache verflucht und verbannt hatte, dann war sie nicht besser als ihre Asen. Wie konnte sie dann den Anspruch erheben, eine „neue Welt“ erschaffen zu wollen?

Er, Greg, würde sie aufsuchen, die Ratgeberin. Und zwar jetzt gleich! Denn er glaubte zu wissen, wo er sie finden konnte, und er glaubte zu wissen, wie er Gernot von Chamm würde befreien können. Er schloss die Augen …

… und stand an einem Krankenlager in einem finsteren, muffigen Zimmer. Draußen tobte das fürchterlichste Unwetter, das er je erlebt hatte. Sein Blick wanderte von einer leblosen Gestalt auf dem Krankenlager zu dem Fenster dahinter. Ein fast weißes, von unzähligen Falten durchzogenes Gesicht mit zwei glühenden Punkten statt der Augen starrte ihn von draußen an, und jäh verspürte er einen maßlosen Hass …

Beißender Qualm stieg Greg in die Nase. Er riss die Augen auf und starrte auf das Büchlein, das er auf die Schenkel hatte sinken lassen. Von den vergilbten Pergamentseiten züngelten kleine Flammen hoch, und hastig warf er das Büchlein zur Seite auf den Rasen neben dem Weg. Die Flammen hatten jetzt das ganze Büchlein erfasst und verwandelten es rasch in ein kleines Häufchen Asche.

XXV.

Die Fahrt zurück nach Ohlstadt kam Greg vor wie eine Ewigkeit, und es fiel ihm schwer, sich halbwegs auf den Verkehr zu konzentrieren.

Zu sehr kreisten seine Gedanken um alles, was er die Tage zuvor erlebt und was er gerade auf der Bank in dem kleinen Büchlein gelesen hatte.

Würde es so etwas wie ein Zurück für ihn geben? Würde er das alles einfach je vergessen können? Nein. Es würde nie mehr so sein wie vorher, er würde nie mehr so leben können, wie er bisher gelebt hatte. Es gab kein Zurück für ihn, auch weil es keinen Platz auf dieser Welt gab, an dem Hugin ihn nicht aufspüren würde. Denn er kannte nun ihr Geheimnis, er kannte ihre Pläne, er kannte ihre Bestimmung - und er war somit ein Teil von alledem.

Und was sein bisheriges Leben anging: Sollte er dem nachtrauern? Diesem hektischen Großstadtleben? Dem engen Loch von Appartement im dreizehnten Stock eines Hochhauses? Wohl kaum …

Und den Tagen allein und fremd inmitten Tausender Menschen, die aneinander und an ihm vorbeiliefen? Natürlich gab es Bekannte – doch bei den meisten reichte es nicht für mehr als für oberflächliches Geplauder - nicht für mehr als ein paar Stunden Unterbrechung der Eintönigkeit. Außer bei Willi Berger natürlich, seinem Freund seit Jugendtagen.

Hugin erwartete ihn. Jetzt wusste er, was die Ratgeberin wollte – und er wusste doch so gut wie nichts! Die „Söhne der neuen Welt“, die Erben der germanischen Götter: Was sollte er darunter verstehen, was bedeutete das für sein Leben?

Und dann gab es ja noch den Ritter Gernot von Chamm im Fels seiner Burg.

Greg bog von der Bundesstraße in Richtung Ohlstadt ab. Noch immer strahlte die Herbstsonne von einem wolkenlosen Himmel. Nur dort, wo der Burgfelsen sein musste, hing so dichter grauer Nebel, dass Greg weder vom Burgfelsen noch von dem Bergwald darum herum irgendetwas hätte sehen können. Ob das *ihr* Werk war? Aber warum?

Er ließ das Ortsschild hinter sich, fuhr weiter durch das Dorf und am „Gasthof zur Birke“ vorbei. Ob er nicht doch eine Kleinigkeit essen sollte, bevor er sich auf den Weg hinauf zum Burgfelsen machte? Nein, denn er konnte es kaum noch erwarten, Hugin dort oben gegenüberzutreten. Die wenigen Menschen, die links und rechts der Straße unterwegs oder in ihren Gärten beschäftigt waren, schienen sich für den seltsamen Nebel um den Burgfelsen herum nicht zu interessieren. Aber nach allem, was Greg hier in diesem Dorf erlebt hatte, wunderte er sich darüber nicht mehr.

Er fuhr die Dorfstraße hinauf bis kurz vor den Waldrand und stellte den Geländewagen ab. Er stieg aus, schloss die Fahrertür ab und schaute auf den undurchdringlichen Nebel vor sich, der wie eine dicke graue Suppe zwischen den Bäumen waberte.

„Du magst es dramatisch, Hugin“, murmelte er. „Es ist dein Spiel - noch ...“ Ob das hier so ähnlich war wie mit dem Zelt auf dem Oktoberfest? Dass nur er diesen Nebel wahrnehmen konnte?

Er ging zum Waldrand und tauchte dann ein in das dichte, wabernde Grau ... Was war das? Er kannte den steilen Weg und wusste, wie lange er zum Burgfelsen brauchen würde. Aber jetzt...? Seine Beine bewegten sich auf einmal wie von selbst, und es fühlte sich an, als glitte er über den Kiesweg hinweg durch den wabernden Nebel

„... *Du bist ein Erwählter, Gregori. Wenn du willst, wirst du die Erdenschwere für alle Zeiten überwinden. Auf diesem Weg hier ist der Nebel dein Gefährte, der dich wie auf Schwingen trägt. Folge deiner Bestimmung, und die Elemente der Erde werden dir untertan sein* ...“ Wo war diese Stimme hergekommen? Aus dem Nebel? Oder war sie nur in seinem Kopf gewesen?

Greg spürte, wie die kühle Feuchte des Nebels über sein Gesicht strich. Er machte die Augen zu und seine wie von der Schwerkraft losgelösten Beine trugen ihn immer

weiter den steilen Weg hinauf. Als er die Augen wieder öffnete, hätte er fast den Wegweiser „Schuwenburg 10 Min.“ an der Weggabelung umgerannt.
Er blieb stehen und sah mit geweiteten Augen auf den Wegweiser vor sich. Bis hierher hatte er beim ersten Mal wohl viermal so lange gebraucht – oder kam ihm das nur so vor?
Er ging weiter auf dem schmalen Pfad zum Burgfelsen und durch den wabernden Nebel, stieg dann über das Wurzelwerk der uralten Eiche, die ihn fast erdrückt hätte, und kam auf die kleine Lichtung vor dem Burgfelsen.
Plötzlich teilten sich die Nebelschwaden, und Greg sah den gewaltigen Felsen vor sich in den blauen Himmel ragen. Er ging über die Lichtung und blieb dann am Fuß des Felsens stehen. Was war mit den Stufen geschehen, die man vor langer Zeit in den Fels gehauen hatte? Jetzt waren sie plötzlich weder zugewachsen noch ausgetreten oder verfallen.
Greg nahm die ersten paar Stufen der Treppe – nahm dann zwei Stufen auf einmal, dann drei. Sein Schritt wurde immer schneller, bis er zuletzt die Treppe fast hinaufrannte. Und doch war ihm unendlich leicht dabei, und seine Beine bewegten sich wie vorhin im Nebel wie von selbst. Der steile Berghang zur Linken, wo ein falscher Tritt genügt hätte, um abzustürzen, die senkrechte Felswand zur Rechten: das alles nahm er nicht mehr wahr, für ihn gab es keine Vorsicht und keine Gefahr mehr. Er wollte nur noch hinauf, dorthin, wo die Burg einst gestanden hatte.

Und so jagte er die Stufen der Steintreppe immer weiter hinauf, ließ das kleine Plateau auf halber Höhe hinter sich und wusste, gleich hatte er es geschafft; nur noch ein kurzes Stück. Die Stufen der Treppe wurden flacher – und auf einmal stand Greg vor einem geschlossenen Holztor, das ihm den Zugang zum Plateau verwehrte. Er machte drei Schritte zurück und starrte zuerst auf das Tor, ehe sein Blick langsam an der hohen, mächtigen Mauer hinaufwanderte, in die das Tor eingelassen war. Die Mauer wurde hoch über dem Tor von drei schmalen Fenstern durchbrochen, deren Glas sich im Sonnenlicht spiegelte.
Greg stand vor dem Tor der Schuwenburg, und er wusste, er schaute gerade zu den Fenstern von Gernot von Chamms Rittersaal hinauf. Dann blickte er wieder auf das Tor und auf den großen Eisenring, der an einer der Bohlen in der Mitte des Tores hing. Wenn er diesen Ring nach rechts drehen würde, um das Tor zu öffnen, würde es im Schloss laut und heftig knacken. Und die Torangeln würden ebenso laut knarzen, denn sie mussten längst einmal wieder gefettet werden.
Greg ging ans Tor, griff nach dem Ring und drehte ihn. Es knackte ein paarmal laut, dann konnte Greg das Tor weit aufstoßen. Die Torangeln knarzten, als würde das rostige Eisen zermalmt werden. Er trat in das Halbdunkel des Gewölbes dahinter und ging dann weiter auf den vom Sonnenlicht durchfluteten Burghof zu. Am Ende des Gewölbes blieb er stehen und starrte zur Mitte des Burghofs.
Da stand sie. Die langen schlohweißen Haare fielen weit über ihr knöchellanges schwarzes Leinengewand, und ihr von

unzähligen Falten durchfurchtes Gesicht zeigte ein Lächeln. „Komm näher, Gregori. Und willkommen zu Hause."
Er trat auf den Burghof und ging zu ihr. Wenige Schritte vor ihr blieb er stehen und nickte ihr zu. „Ein Trugbild, nicht wahr? So wie das Zelt auf dem Oktoberfest."
Hugins Lächeln verschwand. „Ein Trugbild, Gregori? Du hast die Zeltplane zurückgeschlagen und du hast das Tor hier aufgemacht. Du hast Dinge berührt, sie in den Händen gehalten. Ein Trugbild kannst du nicht mit den Händen greifen."
Er sah sie nur schweigend an.
„Es ist wirklich, Gregori, nur in einer anderen Zeit und in einem anderen Raum. Dazu brauche ich hier in den Bergen den Nebel. Kein Wanderer, der jetzt auf diesem Felsen stehen würde, könnte die Burg sehen oder gar darin verweilen. Er würde nur die verfallenen Gänge, die Ruhebank und das Kreuz der Christen dahinter sehen. Und doch wäre er *hier*. Zwei wirkliche Welten, Gregori, getrennt durch Zeit und Raum."
Greg runzelte die Stirn. „Willkommen zu Hause…?"
Hugin nickte. „Du bist ein Seelenwesen wie alle Menschen, Gregori. Du glaubst das nicht nur, du weißt das - ich lese es in deinen Augen. Als Seelenwesen seid ihr unsterblich, nur euer Körper stirbt. Doch ein unsterbliches Seelenwesen für einen einzigen sterblichen Körper? Das wäre wider die Natur, findest du nicht?"
„Ich habe schon einmal gelebt - hier ..? Das willst du mir doch sagen."
Wieder nickte sie. „Unter euch Menschen gibt es weise Frauen und Männer, die können dich in ein anderes deiner

vielen früheren Leben führen." Sie lächelte. „Ich will mich nicht hervortun, aber ich kann das ein bisschen besser als die besten von ihnen." Mit einer Kopfbewegung deutete sie auf den Palas. „*Sein* Rittersaal ist ein guter Ort dafür."

„Wir werden über *ihn* zu reden haben."

„Das weiß ich!", erwiderte sie gereizt. „Alles zu seiner Zeit."

Sie wandte sich von Greg ab und ging mit langen Schritten über den Burghof zur Rundbogentür, die in den Palas führte.

Greg blieb, wo er war, und sah sich um. Der Palas, die Wehrgänge der Burg: alles wirkte so, als könnte jeden Moment einer der Männer von Gernot von Chamm – oder gar er selber – hinter einer der Mauernischen auftauchen oder von einem der Wehrgänge in den Burghof kommen.

Ja, er, Greg, musste hier gelebt haben, denn alles schien ihm zwar sonderbar und irgendwie nicht von dieser Welt – aber zugleich doch so vertraut, als ob er eine lange Zeit hier gewesen wäre.

„Gregori?" Hugin. Sie wartete an der Tür zum Palas und sah zu ihm her.

Greg nickte und ging über den Burghof zu ihr. Sie öffnete die Tür, ging hinein, trat dann zur Seite und wartete, bis er neben ihr stand und sich umsah.

Der schmale Flur geradeaus in die Burgküche, linker Hand die breite Steintreppe hinauf in den Rittersaal und dann weiter in den Ausguck auf dem Palas …

Greg sah Hugin in die Augen. „Sag es mir! Sag mir, wer ich war!"

Sie schüttelte den Kopf und wies mit der Rechten einladend auf die Steintreppe. „Oben im Saal."
Seite an Seite stiegen sie die breite Treppe hinauf. Als sie oben angekommen waren, ging Hugin zu der schweren Tür zum Rittersaal, öffnete sie, ging in den Saal, blieb stehen und drehte sich zu Greg um.
Der trat ebenfalls ein und blieb hinter dem verzierten Faltstuhl an der Stirnseite der langen Tischreihe stehen. Mit einer Kopfbewegung deutete er auf den Stuhl. „Gernots Stuhl?"
Hugin nickte. „Nun ist es deiner. Setz dich."
Greg ging um den Stuhl herum, ließ sich darauf nieder und sah dann zu Hugin auf, die sich jetzt neben den Faltstuhl stellte. „Du willst mir mein früheres Leben zeigen? Wer sagt mir, dass du mich wieder ins Hier und Jetzt zurückholst?"
Hugin zog die Augenbrauen zusammen. „Du Narr! Meinst du wirklich, ich folge deiner Spur seit deiner Geburt in dieses Leben, gebe dir all die Prüfungen auf, die du gemeistert hast, seit du hier bist, und lasse dich dann in der Vergangenheit verschwinden? Denk doch ein bisschen nach."
„Was muss ich tun?"
„Nichts. Lehn dich zurück, sodass es dir angenehm ist, mach die Augen zu, atme ruhig und gleichmäßig und überlass alles andere mir."
Greg ließ sich auf dem Faltstuhl zurücksinken und schloss die Augen …
„… du wirst dich nun aus dem Stuhl erheben, und du wirst mich begleiten. Geh mit mir zurück in der Zeit, geh

mit mir hinunter in das Dorf, wo alles angefangen hat …“
Auf einmal befindet sich Greg vor dem Faltstuhl und sieht seinen eigenen Körper ganz entspannt und mit geschlossenen Augen darauf sitzen.
„Du musst nicht erschrecken. Du siehst nur den fleischlichen Mantel deiner selbst, wie du ihn kennst. Deiner selbst als Seelenwesen.“
Es ist Hugin. Sie ist neben ihm – oder ist sie mit ihm, oder ist sie in ihm?
„Ich bin nicht erschrocken. Es war nur so … so seltsam.“
„Dann lass uns gehen.“

XXVI.

Er steht als zehnjähriger Bauernjunge mitten auf dem staubigen Dorfweg und wartet auf seinen Freund. Der Freund hat ihm tags zuvor versprochen, er würde sich hier mit ihm treffen. Doch der Weg von der Burg herunter ist weit und er führt oft über Stock und Stein.

Er wird schon kommen, der Freund, wenn auch nicht genau zur ausgemachten Zeit – da ist er sich ganz sicher. Irgendetwas wird den Freund wieder einmal aufgehalten haben, also wird er eben noch ein bisschen auf ihn warten.

Er geht an den Wegrand, hockt sich auf die Erde und lehnt sich an den halb verfallenen Holzzaun, der das kleine elterliche Anwesen umgibt. Es ist heiß an diesem Sommertag, und schon bald fallen ihm die Augen zu …

„Ruprecht!“

Ruprecht fährt hoch und schaut zum Bergwald hinauf. Da kommt er angerannt, sein Freund, und die halblangen schwarzen Haare wehen ihm wie immer um den Kopf.

Der Freund, genau so alt wie er, bleibt schnaufend vor Ruprecht stehen, stützt die Hände auf die Knie und holt erst einmal tief Atem.
Ruprecht sieht zu ihm auf und blinzelt. „Was war denn wieder, Arnold? Ich habe nicht so viel Zeit wie du. Vater schimpft, wenn ich zu spät aufs Feld komme."
Arnold von Chamm nimmt die Hände von den Knien, richtet sich auf, und über sein Gesicht zieht ein breites Grinsen. „Dein Vater wird nicht schimpfen, denn ich komme mit aufs Feld!"

Jahre sind vergangen, und aus den beiden Buben sind stattliche junge Männer geworden. Ruprecht ist längst mehr auf der Burg zu Hause als in dem kleinen ärmlichen Anwesen im Dorf. Arnold von Chamms Vater mag den ruhigen, aufgeweckten Burschen, der es versteht, den oft stürmischen und leichtsinnigen Arnold ein wenig zu zügeln.

Gebannt hören die beiden oftmals den Erzählungen von durchziehenden Kaufleuten, Rittern und Geistlichen zu, die hin und wieder auf der Burg um Speis und Trank und um Herberge bitten. Sie verschlingen die Erzählungen von fremden Ländern, fremden Menschen und fremden Sitten geradezu …
Arnold legt Ruprecht die Rechte auf die Schulter und sieht ihn mit weit geöffneten Augen an. „Ich verrate dir etwas, mein Freund: Die Welt da draußen, die wartet nur auf uns zwei – sie will von uns erobert werden!"
„Von uns …? Und was ist mit der Burg, was ist mit deinem Vater? Er ist nicht mehr der Jüngste, und der Gesündeste ist

er schon gar nicht. Unser Platz ist hier, hier auf der Burg und unten im Dorf."

Arnold schüttelt heftig den Kopf. „Und gerade wegen meines Vaters werden wir j e t z t gehen! Später muss ich die Burg übernehmen und du wirst mein Verwalter sein. Dann ist's vorbei mit der Welt." Er löst die Hand von Ruprechts Schulter und lächelt. „Ich werde der Burg und meinem Geschlecht dereinst einen Erben schenken müssen. Doch dazu brauche ich eine Frau. Aber bei aller Zuneigung zu deinen Leuten im Dorf und zu ihren Töchtern – mit keiner von denen wird's etwas werden, was einen Erben angeht…"

Nach Jahren kehren Arnold und Ruprecht auf die Burg zurück. Arnold hat in Verona eine groß gewachsene schwarzhaarige Kaufmannstochter kennengelernt und sich gleich in sie verliebt. Nach der Hochzeit in Verona brechen sie zu dritt auf. Julia ist guter Hoffnung, und Arnold besteht darauf, dass sein Kind auf der heimatlichen Burg zur Welt kommen soll …

Nun stehen Arnold und Ruprecht am Fußende von Julias Schlafstatt. Die Amme hat Arnold den schreienden kleinen Knaben, den Julia zur Welt gebracht hat, in die Arme gelegt.

Julia liegt da, die langen schwarzen Haaren auf dem Kissen ausgebreitet, und sie sieht fast so aus, als ob sie schlafen würde.

„Was soll nur werden, Ruprecht?", murmelt Arnold und wiegt seinen kleinen Sohn hin und her. „Sie ist tot, und ich bin allein mit dem kleinen Kind."

Ruprecht legt ihm die Rechte auf die Schulter. „Ich bin ja auch noch da. Zusammen werden wir schon einen Mann aus ihm machen."

Arnold schüttelt den Kopf so heftig, dass der kleine Knabe noch lauter schreit. „Nein! Keinen Tag halte ich mehr aus – alles erinnert mich an sie! Morgen in aller Früh breche ich auf. Frage mich nicht, wohin und wie lange ich fort sein werde. Um unserer Freundschaft willen: Sei du meinem Sohn ein besserer Vater, als ich es ihm sein kann…“

Sie sitzen beim Abendbrot.
„Dein Vater kommt nach Hause.“ Ruprecht legt einen Brief auf den Tisch der Burgküche und streicht dem sechsjährigen Gernot neben ihm auf der Holzbank sanft über die pechschwarzen Haare.
Gernot hat auf einem Stück Käse herumgekaut und legt es jetzt zur Seite. Mit großen Augen schaut er zu Ruprecht auf. „Mein Vater? Den kenne ich doch gar nicht. Ich will, dass du mein Vater bleibst!“
Ruprecht nickt ihm zu. „Es wird sich nichts ändern, Gernot. Ich bin für dich da, und ich werde dich weiter alles lehren, was ich dich lehren kann.“ Wieder streicht er Gernot über die Haare. „Wenn du so willst, dann hast du jetzt zwei Väter.“

Ruprecht öffnet das Burgtor und blickt auf die beiden Ankömmlinge. Arnold ist älter geworden; an den Schläfen zeigen sich schon die ersten gra[illegible]ähnen. Und neben ihm steht Hugin und starrt Ruprecht mit ihren pechschwarzen, funkelnden Augen unverwandt an.
Über Arnolds Gesicht zieht ein Lächeln, dann geht er zu Ruprecht und umarmt ihn stürmisch. „Es war Zeit, heimzukommen.“ Er lässt Ruprecht los und dreht sich zu Hugin

um. „Das ist Gundrun, sie wird von nun an auf der Burg wohnen. Ich habe sie im Schwäbischen kennengelernt, als sie vor mordlustigem Dorfgesindel fliehen musste."
Hugin nickt Ruprecht zu. „Nun kennst du diesen Teil der Geschichte, Gregori. Folge mir und überlasse Ruprechts Leib seinem Schicksal..."

Er streift mitten durch das Lager des Feldhauptmanns Bart, doch keiner der Männer kann ihn wahrnehmen.
Der Feldhauptmann steht mit Hugin am Lagerfeuer und schaut nachdenklich auf sie herab.
„... Und das soll wahr sein? Der Schurke ist mit seinen Leuten in die Berge geflohen? Du kannst mir viel erzählen."
Hugin nickt ihm zu. „Vertraue mir, Bart. Ich habe mit ihm und seinen Leuten dort oben auf der Burg gelebt. Aber nicht jeder, mit dem du ein Dach über dem Kopf teilst, muss gleich dein Freund sein. Geh getrost hinauf mit deinen Männern, und ihr könnt die Burg in Schutt und Asche legen."
„Die Burg ist mir nicht genug!", braust Feldhauptmann Bart auf. „Ich will i h n! Er soll durch meine Hand sterben, er und seine Schnapphähne."
„Nur Geduld, deine Stunde wird kommen. Jetzt gebe ich die Burg in deine Hände. Mit Gernot habe ich meine eigenen Pläne. Aber ich gebe dir mein Wort: Du wirst ihn eines Tages vor dein Schwert zwingen dürfen. Das ist mein Handel." Sie lächelt den Feldhauptmann an. „Ich bleibe in der Gegend und ich werde dich besuchen. Du hast mich

also als Pfand, wenn ich dir die Unwahrheit gesagt haben sollte."
Feldhauptmann Bart starrt eine Weile regungslos ins Lagerfeuer, dann schaut er zu seinen Unterführern. „Entzündet alle Fackeln, die wir haben! Die Burg soll brennen – noch in dieser Nacht!" Er dreht sich wieder zu Hugin um. „Für dich ist es besser, du gehst mir aus den Augen, zumindest diese Nacht. Ich achte den Verräter nicht, auch wenn er mir nützen mag."
Hugin lacht leise auf, nickt dem Feldhauptmann abermals zu und geht in die Nacht hinaus.
„Das Weib schickt der Teufel", murmelt der Feldhauptmann, als Hugin verschwunden ist. „Aber ich gönne Gernot ihren Hass. Vorwärts, Männer, gehen wir Feuer machen oben auf der Burg."

Er steht im Morgengrauen am Rand einer kleinen Lichtung im Gebirge. Mitten auf der Lichtung liegt ein Mann auf dem Rücken im Gras, und zu seinen Füßen steht eine kleine, ganz in Schwarz gekleidete Gestalt. Es ist Hugin.
„... Bei den Göttern, die diese Welt einst erschaffen und regiert haben: Ich verfluche dich, Gernot von Chamm!" Ihre Stimme will so gar nicht zu ihrer Erscheinung passen. Denn sie klingt tief und machtvoll, fast wie fernes Donnergrollen. „Verflucht sollst du sein für alle Zeiten – verflucht soll deine Seele sein. Wenn dein Leib stirbt, wird deine Seele niemals Ruhe finden. Du wirst tief im Fels deiner Burg gefangen sein, eingeschlossen und rastlos. Nur mein Tod kann für dich die Erlösung bringen. Nur mein eigenes Ende kann dich aus

dem dunklen Fels befreien, wenn dein Leib schon lange zu Staub zerfallen ist. Und du wirst den Tag herbeisehnen, an dem diese Welt zugrunde gehen wird und ich mit ihr, denn eher wirst du keine Ruhe finden …“

„Gregori?“
Wo kam diese Stimme her? Sie klang fordernd, und sie war lästig, weil sie ihn zurückholen wollte.
Greg blinzelte, holte tief Atem und machte die Augen auf. Er saß noch immer auf Gernots Faltstuhl. Vor ihm stand Hugin und starrte ihn mit ihren pechschwarzen Augen an.
„Jetzt weißt du, wer du warst.“
Greg nickte nur.
„Ich habe dich getötet damals in der Hütte des Bader Ambros; ich habe dich mit einem Blitz erschlagen. Du hast von Ambros gewusst, dass ich euch an den Hauptmann verraten hatte, und du hättest nicht eher geruht, als bis du mich gefunden hättest.“
Greg rieb sich mit beiden Händen die Augen, dann sah er Hugin lange an.
„Du hast mich aus Fürsorge erschlagen? Warum dein tiefer Hass auf Gernot? Ihr habt hier auf der Burg immer im Streit gelebt, und er hat dich sogar geschlagen, aber das ist zu wenig für so einen furchtbaren Fluch und für deinen Verrat an ihm.“
Hugin wandte sich von Greg ab, ging zur Wand mit den drei Fenstern und drehte sich dann um. Ihre Augen glühten.
„Gernot war der vollendete Krieger – du weißt das! Und du hast von den Söhnen der neuen Welt in dem Büchlein

gelesen. Nach der langen Zeit meinte ich in Gernot endlich einen der Söhne gefunden zu haben.“ Es hielt sie nicht mehr auf ihrem Platz. Mit großen Schritten eilte sie durch den Saal und blieb wieder vor Greg auf seinem Faltstuhl stehen. „Ich muss dir nicht erzählen, wie er zu mir stand – auch das weißt du! Er verachtete mich zutiefst, weil er dachte, ich würde zwischen ihm und Ritter Arnold stehen. Und er verachtete mich für alles, was er in mir zu sehen glaubte.“

„Und weil du ihn nicht gewinnen konntest, hast du angefangen, ihn zu hassen. Hass und Verrat: Ist das deine neue Welt?“

Hugin beugte sich zu Greg hinunter; ihre Augen waren jetzt fast gleißend hell. „Ich weiß, was nun kommt, Gregori, es steht in deinen Augen: Du willst, dass ich den Fluch von ihm nehme!“ Sie richtete sich wieder auf und schüttelte den Kopf. „Du hast erlebt, wie ich ihn verflucht habe. Auch wenn ich es wollte, ich kann den Fluch nicht von ihm nehmen – es wäre mein eigenes Ende.“

„Und damit soll ich zufrieden sein?“

Sie nickte. „Als du als Ruprecht gestorben warst, wolltest du in einem neuen Leben mit der Kraft wiedergeboren werden, mit der du Gernot würdest befreien können. Daher deine russischen Eltern in diesem Leben und die Kraft ihrer Ahnen. Die Kraft hast du, Gregori. Aber ob sie genug sein würde, um ihn von meinem Fluch zu befreien…?“

Greg wusste es nicht – und das war gut so, denn so konnte

Hugin es nicht in seinen Augen lesen. Im Augenblick war es wohl klüger, nicht weiter mit ihr über Gernot zu reden. „Folge mir, Gregori“, fuhr sie fort. „Und du wirst Kräfte erfahren, wie du sie dir nicht einmal erträumen kannst. Du hast dich mir gestellt und du hast die Prüfungen gemeistert – du bist einer der Söhne der neuen Welt!“

XXVII.

Greg erhob sich aus dem Faltstuhl und baute sich vor Hugin auf. „Habe ich denn eine Wahl?"
Sie legte den Kopf in den Nacken und lächelte. „Du willst doch gar nicht wählen müssen. Du wirst die oberste Gottheit der neuen Welt sein, Gregori, mit mir an deiner Seite als deine Gefährtin und als deine Ratgeberin. Und du wirst unsterblich sein. Aber du wirst nicht wie ich in der Furcht leben müssen, deine Unsterblichkeit zu verlieren, wenn die Welt da draußen dereinst von dir erfahren sollte."
Greg wandte sich von Hugin ab und ging zu der Wand mit den drei Fenstern. Er sah eine Weile aus dem mittleren Fenster, nickte ein paarmal vor sich hin und drehte sich dann wieder zu ihr um. „So wie du Gernot verflucht hast, so hätte ich den Rest meines Lebens keine Ruhe mehr vor dir, wenn ich … Halt - warte!", unterbrach er sich, als sie etwas sagen wollte. „Du weißt, ich werde nicht Nein sagen. Aber ich verlange etwas von dir."

Sie nickte wortlos.

„Lass mir ein bisschen Zeit. Ich werde erst einmal in die Stadt zurückfahren. Ich muss nachdenken, und ich muss ein paar Dinge regeln, bevor ich wieder zurückkomme. Und ich will dein Wort, dass du mir nicht folgst. Du weißt, ich spüre *deine* Nähe auch…“

„Mein Wort, Gregori: Ich werde dir nicht folgen. Mir genügt, dass du nicht Nein gesagt hast.“

Greg sah zu der vom Rauch geschwärzten Holzdecke hinauf, ließ den Blick über die Tischreihe schweifen und sah dann wieder zu Hugin. „Die Burg muss bleiben. Wie hast du gesagt? In einer anderen Zeit und in einem anderen Raum? So ist es gut. Ich werde hier leben – wie schon einmal.“

Über Hugins faltiges Gesicht zog wieder ein Lächeln. „Du kannst hier leben, und du kannst woanders leben, und du kannst überall und zu jeder Zeit leben, Gregori. Du hast noch keine Ahnung davon, wie das sein wird, wenn du für immer zurück bist.“

Greg nickte, ging von den Fenstern weg zurück zu Hugin und sah ihr in die Augen. „Dein Wort?“

„Ja. Und nun mach dich auf den Weg, Gregori. Wenn du zurückkommst, werde ich hier sein.“

Greg wandte sich ab, verließ den Rittersaal durch die offen stehende Tür, ging die breite Treppe hinunter und trat dann durch die Tür im Erdgeschoss hinaus in den Burghof. Dort blieb er stehen und sah sich noch einmal um.

Dann wandte er sich ab und ging in das Gewölbe, das zum Burgtor führte. Als er gekommen war, hatte er das Tor offen stehen lassen. Als er jetzt unter dem Torbogen verweilte, sah er aufs Neue eine dichte graue Nebelwand vor sich. Er zog das Tor an dem Eisenring hinter sich zu und ging zu den Steinstufen, die zum Fuß des Burgfelsens hinunterführten.

„... *Lass dich wieder vom Nebel tragen, Gregori, dir kann nichts geschehen ...*“

„Ich weiß.“

Seine Schritte wurden immer schneller, bis er die steile Treppe beinahe hinunterlief, obwohl er im dichten Nebel kaum fünf Stufen weit sehen konnte.

Greg wusste, dass Hugin ihr Versprechen halten würde. Das war sie ihm als einem ihrer „Söhne“ und auch sich selbst schuldig.

Nun konnte Greg seinen Gedanken wieder freien Lauf lassen. Gernot von Chamm befreien. Der Plan war denkbar einfach; er musste nur einen alten Freund davon überzeugen, dass es zwischen Himmel und Erde Dinge gab, die man mit den menschlichen Sinnen nicht begreifen konnte ...

XXVIII.

„… Jetzt kennst du die Geschichte, Willi, mein alter Freund. Ich habe versucht, den Text so auf den Stick zu sprechen, als würde ich das alles schreiben, als würde ich in deiner Buchverlegerhaut stecken und müsste aus der Geschichte einen Romantext gestalten. Ich hoffe, es ist mir wenigstens einigermaßen gelungen. Den Anfang der Geschichte hast du ja selber miterlebt.
Du wirst dir das angehört und gedacht haben: Jetzt ist er wirklich übergeschnappt, jetzt spinnt er total! Ja, ich weiß, du akzeptierst nur das, wofür es handfeste Beweise gibt, wofür konkrete Tatsachen vorliegen. Die sollst du bekommen. Ich werde dir einen Beweis liefern, der deine Zweifel beseitigen wird. Doch davon später.
Ich habe von dem kleinen Büchlein erzählt, das Hugin mir in der Bücherei hat zukommen lassen: Hugin wird ihre Unsterblichkeit nur besitzen, solange niemand um ihr wahres Wesen weiß. Nur die Söhne der neuen Welt

dürfen davon erfahren – also auch ich.
Hugin will die Welt der Asen neu erschaffen. Die alte Welt der Asen ging an Hass und Neid und noch so einigen anderen unschönen Dingen zugrunde.
Und was ist mit ihr, was ist mit Hugin? Sie lebte mit Gernot von Chamm auf der Burg, bis sie ihn mit ihrem fürchterlichen Fluch belegt hat. Auch bei ihr ging es um Hass und um Rache.
Was würde das für eine neue Welt werden? Mit ihrem Fluch aus Hass und Rache, den sie mit in diese neue Welt bringen würde? Was wäre denn an so einer neuen Welt besser als an der alten? Nichts.
In meinem Leben als Burgverwalter Ruprecht konnte ich Gernot nicht vor Hugins Fluch schützen, und ich konnte Hugin auch nicht finden, als Gernot auf dem Sterbebett lag.
Aber selbst wenn ich sie gefunden hätte – was hätte es gebracht? Ich hätte keine Chance gegen sie gehabt.
Und jetzt kommst *du* ins Spiel, Willi. Denn du wirst ihr das Ende, also den Tod bringen - *du* wirst Gernot von dem Fluch erlösen.
Du wirst aus dieser Geschichte, die ich dir erzählt habe, ein Buch machen, einen Roman. Die Leute werden dieses Buch kaufen, sie werden es lesen, und sie werden von Hugin erfahren, von ihrem *wahren Wesen.* Das wird ihr Ende sein – und Gernot von Chamm ist frei.
Du weißt, ich habe dich nie um etwas gebeten. Jetzt bitte ich dich um diesen Freundschaftsdienst. Alles andere wäre nur ein endloser Kampf zwischen

Hugin und mir, von dem ich nicht weiß, wie er irgendwann einmal ausgehen würde.
Vielleicht willst du ja wissen, wie es für mich weiter geht, Willi. Sowie ich mit diesem Text hier fertig bin, lasse ich ihn dir zukommen. Als Nächstes werde ich dann dieses Loch von Appartement für immer verlassen und ins Gebirge zurückfahren. Ich weiß noch so gut wie nichts von dieser Macht und den Kräften, von denen Hugin gesprochen hat. Ich weiß nicht, wie es sein wird, wenn man unsterblich ist. Aber ich bin neugierig darauf, durch die Jahrhunderte und Jahrtausende zu wandern und zu erleben, wie Menschen geboren werden und wie sie wieder gehen, ohne dass ich selber diesem Kreislauf unterworfen bin.
Es gibt kein Zurück, Willi. Ich muss diesen Weg gehen, und ich will ihn gehen. Und ich werde Hugins Platz einnehmen. Ja, du hast richtig gehört: Nach Hugins Ende wird ihre Bestimmung die meine sein.
Hugin hat mir ihr Wort gegeben, dass sie mir nicht folgen wird, und sie wird ihr Wort halten. Nur: Wenn ich wieder zurück bin bei ihr auf der Burg, wird ihr Blick den meinen suchen, wird sie sich in meine Gedanken schleichen wollen, und es wird für mich verdammt schwer werden, meine Pläne vor ihr zu verbergen. Also beeil dich bitte mit dem Buch.

Ich sprach von einem Beweis, den ich dir liefern werde, Willi. Schau dir das Dorf und den Burgfelsen im Internet an – vor allem den Burgfelsen, wie er groß und mächtig und scheinbar für alle Zeit über das Dorf zu wachen

scheint. Dann versuch dir vorzustellen, wie das aussehen könnte, wenn der Burgfelsen nicht mehr da wäre, wenn er ganz einfach verschwunden wäre, als ob es ihn nie gegeben hätte.
An seiner Stelle würde nur noch der Bergwald stehen – nichts sonst. Und du wärst der Einzige, der wissen würde, dass es den Burgfelsen mit der Burg noch gibt, nur eben in einem anderen Gefüge von Zeit und Raum.
Alle anderen, ob Geologen oder sonstige Gelehrte, werden sich den Kopf zerbrechen: Wie kann etwas ganz und gar Materielles von einer Sekunde auf die andere spurlos verschwinden? Sie werden keine Erklärungen dafür haben – und doch müssen sie sich mit der Tatsache abfinden. Vielleicht werden welche von ihnen ja auch unser Buch lesen, danach ungläubig den Kopf schütteln und dich als Verleger des Buches für verrückt erklären.
Lass sie, denn du weißt es besser.
Und halte Augen und Ohren offen, alter Freund. Die Welt ist, wie sie nun einmal ist. Jeden Tag geschehen Dinge, die uns nahe gehen und die die Frage aufwerfen, ob das alles wirklich so sein muss. Bei manchen dieser – oft schlimmen – Dinge könnte es in Zukunft sein, dass sie plötzlich eine Wende erfahren, mit der so niemand rechnen konnte. Vielleicht kannst du dir dann denken, wer da die Hand im Spiel gehabt haben könnte.
Mehr gibt es nicht zu sagen, Willi. Jetzt wird es Zeit, dass ich aufbreche. Hugin und Gernot warten auf mich …“

Epilog

„Für Greg …

Ein Nachruf? Auf *dich*? Nein. So etwas widmet man einem Verstorbenen, aber nicht dir. Denn *du* lebst. Ich weiß nicht, wie und wo, aber ich weiß, dass du lebst, irgendwo da „drüben“ in einer Welt, die außer dir niemand kennt und die außer dir niemand finden konnte.

Ich habe dir vertraut, alter Freund, und ich bin über meinen rationalen Schatten gesprungen. Das Buch ist seit vier Wochen auf dem Markt, und es sieht ganz danach aus, als ob es der Renner des Jahres werden würde!

Das allein wird dich kaum interessieren. Für dich ist sicher nur das Ende Hugins und damit das Ende ihres Fluches gegen Ritter Gernot wichtig. Nun wird er frei sein. Das war es, was du wolltest.

Und du hast den versprochenen Beweis geliefert. Seit Tagen gibt es in den Medien kein anderes Thema mehr: Wie kann ein so gewaltiger Felsen wie der, auf dem einmal die

Burg gestanden hat, von einem Moment auf den anderen verschwinden, als ob es ihn nie gegeben hätte?
Keine Spur mehr davon, nur noch ein lichter Bergwald, da, wo vorher dieser Felsen gewesen war. Du glaubst gar nicht, wie viele kluge Köpfe sich in deinem Dorf da am Rande der Alpen versammelt haben und sich den Kopf zerbrechen!
Sollen sie doch. Du hast mir gezeigt, dass es Dinge gibt, die man mit dem, was man den gesunden Menschenverstand nennt, nicht begreifen kann. Ich habe diese Lektion gelernt - vielleicht lernen es die klugen Köpfe in deinem Dorf ja auch noch.
Was soll ich dir noch sagen, Greg? Ich weiß ja nicht einmal, ob dich das, was ich sage, überhaupt je erreichen wird. Wir beide werden uns in diesem Leben wohl nicht mehr sehen, vielleicht erst wieder im nächsten oder in einem anderen.
Diese Welt wird von Tag zu Tag verrückter, und es geschehen Dinge, die besser nicht geschehen würden. Vielleicht kannst du ja doch ein bisschen was von dem zum Guten hin wenden. Und ich wünsche mir, dass ich dich dann erkennen werde in dem, was du tust ..."

Drei Jahre später.
Willi Berger stand am Fenster seines Büros im zwölften Stock des Verlagshauses. Er liebte den Ausblick von hier oben. Bei Föhn wie jetzt konnte er über die Häuser der Stadt hinweg auf die gesamte Alpenkette im Süden vom Bodensee bis ins Salzburger Land sehen.

Er wandte den Blick von der Alpenkette ab und blickte auf die Straße zwischen den Häuserreihen hinunter. Eine endlose Menschenmasse schob sich da unten wieder einmal in Richtung Stadtmitte. Wer demonstrierte denn heute wieder gegen wen? Welche und wie viele Gruppierungen würden denn heute wieder erst aufeinandertreffen und dann aufeinander eindreschen?

Es gab keinen Tag mehr ohne Gewalt auf den Straßen und Plätzen – und das nicht nur in München, sondern in allen Großstädten und zunehmend auch in den kleineren Städten des Landes. Tote und Verletzte und brennende Häuser und demolierte Fahrzeuge und eingeworfene Fensterscheiben – und eine hilflose, weil zahlenmäßig hoffnungslos unterlegene Staatsmacht in Gestalt der Polizei. Die Städte waren längst zu einer Art rechtsfreiem Raum geworden, und die Politiker auf allen Ebenen überboten sich darin, nur noch zu beschwichtigen und sich gegenseitig die Schuld in die Schuhe zu schieben.

Bürgerkrieg – aber dieses hässliche Wort wollte natürlich keiner von diesen Herrschaften in den Mund nehmen …

Die Menschenmasse auf der Straße geriet ins Stocken, als mittendrin etwa ein Dutzend vermummte Gestalten anfingen, mit Fäusten und Baseball-Schlägern aufeinander loszugehen.

Willi Berger schüttelte den Kopf. Jetzt schlugen sie sich schon untereinander die Köpfe ein. Was erst, wenn die alle aufeinandertrafen? Er hob den Blick von der Straße und schaute wieder über die Häuser der Stadt hinweg auf die Alpenkette in der Ferne.

Willi Bergers Blick schweifte zu den Berggipfeln, unter denen das Dorf Ohlstadt liegen musste, Gregs … Aber was war das? War das Nebel, der dort wie eine mächtige graue Wand über den Berggipfeln in den blauen Himmel stieg? Nebel bei Föhn …? Unmöglich. Doch der Nebel stieg jetzt entlang der gesamten Alpenkette vom Bodensee bis ins Salzburger Land. Nein, er stieg nicht, er schoss auf einmal in den Himmel wie eine ununterbrochene Reihe gewaltiger Atompilze, verschlang die gesamte Alpenkette, verschlang auch die Nachmittagssonne im Westen und verwandelte das Tageslicht jäh in eine frühe Dämmerung. Wie versteinert starrte Willi Berger auf die gigantische Nebelwalze, die, einer Flutwelle gleich, auf die Stadt zuraste und alles verschlang, was sich ihr in den Weg stellte.
Da - was war das für ein Schatten gewesen? Willi Berger starrte zu dem schmalen dunkelblauen Himmelsstreifen vor dem Verlagshaus hinauf, wo hoch oben ein riesiger schwarzer Vogel majestätisch seine Kreise zog.

• • • • • • • • • • •

GESCHICHTE UND LEGENDE

Die wahre Geschichte der Schuwenburg in der damaligen Grafschaft Werdenfels, heute Landkreis Garmisch-Partenkirchen, beginnt um das Jahr 1090.
Rudolf von Owelstadt, Lehnsmann der Grafen von Andechs, dürfte der erste Burgherr auf dem neunhundertvier Meter hohen Felsen gewesen sein. Im Laufe der Jahrhunderte wechselte die Burg dann nicht nur mehrmals den Besitzer, sondern auch mehrmals den Namen: Schauenburg, Skovenburg, Scoynburg.
In unseren Tagen kennt der Wanderer, der durch die nördlichen Ausläufer der Alpen am Eingang zum Werdenfelser Land streift, den einstigen Burgfelsen als Schaumburg oder Veste.
Im Jahr 1362 kam die Burg in den Besitz des Arnold von Chammer, der sie durch Kauf oder Tausch erworben hatte. Arnold, Gerichtsherr und als Wohltäter der Kirche bekannt, verschuldete sich bei Ernst und Wilhelm, den

Herzögen von Baiern-München, und blieb bis zu seinem Tod im Jahr 1397 bei ihnen verschuldet.
Sein Sohn Gebhard (Gernot von Chamm), „... *eine Hünengestalt mit schönem, fast sanftmütigem Antlitz, doch voller Ingrimm ...*“, war nicht nur der Erbe der verschuldeten Burg. Er sah sich auch den ständigen Mahnungen der Gläubiger seines Vaters ausgesetzt. Doch Gebhard, selbst Richter und oberster Rat des Herzog Ludwig des Gebarten von Ingolstadt, scherte sich keinen Deut um die Schulden des Vaters. Und so kam es, wie es kommen musste: Unter dem Vorwand, Gebhard würde durch Wegelagerei die Handelsstraße nach Innsbruck gefährden, marschierte die Bürgermiliz der Stadt München vor die Burg und belagerte sie elf Wochen lang.
Unter unsäglichen Schwierigkeiten hatten die Münchner zwei große Pulvergeschütze mitgeschleppt, mit denen sie nun gegen den hohen Burgfelsen schossen. Die schweren Kugeln konnten jedoch keinen großen Schaden anrichten - Gebhard und seinen Männern gelang es gar, eines dieser Geschütze zu erbeuten.
Schließlich war es der Hunger, der Gebhard und seine Männer zur Aufgabe der Burg zwang. Auf bis heute rätselhafte Weise gelang ihnen heimlich die Flucht von der Burg. Am 02. Februar des Jahres 1414 zerstörte die Bürgermiliz die Burg bis auf die Grundmauern.
Drei Jahre lang boten dann die Ruinen und die unterirdischen Gänge der Burg einem Raubritter mit dem Namen Schneeberger samt seinen Gesellen Unterschlupf. Ihr Geschäft hieß: durchreisende Kaufleute überfallen und

ausrauben. Bis sie im Jahr 1417 einer Bürgerwehr der Nachbargemeinde Murnau in die Hände fielen und mit dem Schwert hingerichtet wurden.
Gebhard von Chammer, der immer noch in der Gegend weilte, verklagte die Münchner Herzöge, die seine Burg hatten zerstören lassen, vor dem königlichen Reichshofgericht. Doch die Herzöge reagierten sofort und erhoben nun ihrerseits Gegenklage wegen verschiedener Rechtsverletzungen, wie der schon erwähnten Wegelagerei seitens des Gebhard von Chammer. Vermutlich wollten ihm die Herzöge dabei die Überfälle des Raubritters Schneeberger in die Schuhe schieben, doch dies misslang.
Am 08. Mai des Jahres 1417 erging das Urteil des königlichen Reichshofgerichts: *„Gebhard von Chammer und seine Helfer werden wegen der von dem Schloss Schauenburg aus verübten Gewalttaten gegen die Herzöge von Baiern freigesprochen.“*

Bis zum Jahr 1421 diente Gebhard von Chammer der Grafschaft Werdenfels als Pfleger, und in diese Zeit dürfte auch der Wiederaufbau der zerstörten Schauenburg fallen.
Über das weitere Schicksal des Gebhard gibt es verschiedene Versionen. Eine davon besagt, er habe Jahre später, etwa um 1434, erneut mit den Münchnern im Streit gelegen und sei schließlich mit seinen Männern gar gegen die Stadt gezogen.
Das Münchner Bürgermilitär habe sich ihm auf offenem Feld entgegengestellt, und Gebhard sei in einen Zweikampf mit dem Anführer des Militärs verwickelt worden,

der Gebhard dabei erschlagen habe. Bei dem Anführer des Militärs soll es sich um einen gewissen Hauptmann Bart gehandelt haben …

Die Schauenburg blieb noch für einige Jahre im Besitz der Familie von Chammer, ehe sie im Jahr 1493 für neunhundertfünzig Gulden an das benachbarte Kloster Schlehdorf verkauft wurde.

Damit war das Schicksal der Schauenburg endgültig besiegelt: Sie blieb fortan unbewohnt und verfiel im Laufe der Jahrhunderte. Im Jahr 1880 wurden die letzten Ruinenreste für den Bau eines Sommerhäuschens abgetragen.

Wer in unseren Tagen über die alte Steintreppe den Burgfelsen hinaufsteigt, den lockt wohl vor allem die Aussicht auf das Voralpenland hinauf auf das mit Gras und Bäumen bewachsene Plateau. Vielleicht wirft der Wanderer auch einen Blick in die dunklen, längst verschütteten Felslöcher. Die waren einst Teil der Burganlage, in den Fels gehauene Zeugen einer Zeit, in der Gebhard von Chammer hier oben auf seiner Schauenburg lebte.

Fast um jede alte Burg oder um die Ruinen einer solchen rankt sich eine Sage, eine Legende, niedergeschrieben oder mündlich über Generationen überliefert. Warum also sollte es bei der Schauenburg des Gebhard von Chammer anders sein?

Vor etwa einhundertachtzig Jahren lebte ein Holzknecht namens Rautner im Dorf Ohlstadt am Fuße des Burgfelsens. Eines Tages arbeitete er im Bergwald, nicht weit weg von der Burgruine. Gegen Mittag gesellte sich ein alter Freund zu ihm, der in der ganzen Gegend als Wilderer berüchtigt war.

Rautner bekam einen ordentlichen Schrecken, bevor er den Freund erkannte, von dem er zuerst nur die leisen Schritte gehört hatte. Jetzt lachte er laut über seine Furcht - er hatte tatsächlich gedacht, der Geist der Burg habe sich an ihn herangeschlichen.

Denn er wusste ja von den alten Geschichten: von dem Burgherrn, der einst mit den Münchnern im Streit gelegen hatte, von dessen Kampf mit ihnen, von der Zerstörung der Burg und von dem gewaltsamen Tod des Burgherrn. Man munkelte, der alte Ritter könne keine Ruhe finden, weil er eines gewaltsamen, ungesühnten Todes gestorben sei, und er müsse nun als Geist an der Stelle umgehen, wo einst seine Burg gestanden habe.

Jetzt hockten sie zusammen im Gras, Rautner und der Wilderer. Der Wilderer wirkte bedrückt und niedergeschlagen. „I jag nicht mehr, überhaupt nicht mehr“, sagte er und warf sein Gewehr vor sich ins Gras. „So geht’s net weiter. Schau, i werd ärger gehetzt und verfolgt wie a Stückl Vieh. I geb auf und muss halt versuchen, mich auf andere Weis durchs Leben zu schlagn.“

„Aber was willst denn machen?“, fragte der Rautner. „Du bist arm wie a Kirchenmaus, und glernt hast auch nix.“

Der Wilderer rückte dicht an den Rautner heran, und blickte dann um sich, als könnte sich irgendwo ein ungebetener Zuhörer versteckt halten. „I weiß einen

Platz, wo ein ungeheurer Schatz liegt", flüsterte er aufgeregt. „Wenn du mir hilfst, können wir uns den holn. Dann habn wir ausgsorgt fürs ganze Lebn."

Rautner war sofort einverstanden. „Aber warum holst du den nicht ohne mich?", fragte er trotzdem. „So mußt ja mit mir teilen."

„Es is mehr als genug für uns zwei", erwiderte der Wilderer. „Und i allein kann das nicht. Der Schatz is weit unten im Felsen von der Burg. I hab ihn entdeckt, wie mich die Jager wieder einmal verfolgt habn. Da bin i in die alte Ruine glaufen und immer weiter runtergstiegen. Auf einmal bin i vor einer alten rostigen Eisentür gstandn und hab den Schatz durchblinken sehen. I wollt die Tür aufbrechen, aber i habs net gschafft. Du bist stark wia a Bär, und zu zweit könntn wir das schaffen."

Sie bekräftigten ihren Handel mit Handschlag – und wollton sich auch sofort ans Werk machen. Der Wilderer ging voraus zu einer Stelle am Burgfelsen, die mit Gestrüpp und Gras überwuchert war. Er bog das Gestrüpp zur Seite und zeigte dem Rautner ein schwarzes Loch, das wohl tief in den Berg hineinführte.

„Komm", sagte er leise und kroch durch die schmale Öffnung. Der Rautner folgte ihm nur zögernd, denn mit einem Mal beschlich ihn ein eigenartiges, ungutes Gefühl. Vorsichtig tasteten sie sich im Halbdunkel vorwärts, räumten alte Mauerreste und Geröll zur Seite und kamen so endlich an eine halbverfallene Steintreppe.

„Da müssn wir runter", flüsterte der Wilderer. Auch ihn beschlich jetzt ein leises Gefühl der Angst.

Stufe um Stufe kletterten sie in die Tiefe. Keiner sagte ein Wort, denn das Unterfangen schien ihnen auf einmal gar nicht mehr so gefahrlos, wie sie zuerst gedacht hatten. Furcht hatte sie jäh gepackt, und obwohl beide eigentlich nicht so recht an das Gespenst der Burg glaubten, erwarteten sie jetzt doch beinahe, es plötzlich vor sich zu sehen. Aber nichts geschah.

Endlich gelangten sie in einen großen Raum. Grob aus dem Fels gehauen, wirkte er wie ein düsteres Verlies, soweit sie es im Dämmerlicht erkennen konnten.

„Gleich sind wir da", flüsterte der Wilderer aufgeregt. Er zündete eine Wachskerze an, die er mitgebracht hatte, und in deren Schein sahen sie am gegenüberliegenden Ende der Kammer eine schwere Eisentür, deren Beschläge völlig verrostet waren.

„Hinter der Tür liegt da Schatz vom Burgherrn", sagte der Wilderer. „Schau, wie er durch den Spalt am Boden durchblitzt! Los, Rautner, auf gehts; gleich sind wir reiche Leut!" Schon hielt er Rautners Axt in den Händen und schob die Schneide zwischen Tür und Türstock. „Gleich! Gleich!", ertönte da eine Stimme hinter der Tür.

Entsetzt sprang der Rautner zurück, das Gesicht leichenblass. Die beiden Schatzsucher wollten nicht mehr wissen, was diese Stimme ihnen verhieß. Zu Tode erschrocken stürzten sie davon, die Steintreppe hinauf und durch den Stollen und zwängten sich schließlich durch das enge Loch ins Freie. Im Gras des Bergwalds liegend schnappten sie erst einmal gierig nach Luft.

„Eine so furchtbare Stimm hab i noch nie ghört!", stieß der

Wilderer nach einer Weile hervor und schüttelte sich vor Grauen. „So dumpf und grauslig – wie aus'm Grab!"
„Was redst denn da?" widersprach der Rautner. „Erschrocken bin i so wie nie, aber für mich war die Stimm ganz hell und klar wie a Glockn."
Bestürzt sahen die beiden sich an und erinnerten sich an die Geschichte, die die Leute im Dorf von dem Geist auf der Burg erzählten: Großes Unglück werde denjenigen treffen, der die Stimme dumpf und tief hörte, und Glück werde dem zuteil werden, der sie hell und rein vernahm.

Schon am darauffolgenden Tag sollte sich das Schicksal des Wilderers erfüllen.
„Gleich! Gleich!", hatte die Geisterstimme gerufen …

Und wieder hetzten sie ihn, die Jäger, die ihm aufgelauert hatten. Auf der wilden Flucht sah er nur noch einen Ausweg, nämlich über einen breiten Abgrund zu springen. Doch sein Sprung war zu kurz – ihm fehlte die Kraft nach der wilden Hatz. Und so erreichte er die andere Seite nicht und stürzte mehrere Hundert Meter tief in den Abgrund. Nie hat man die Leiche des Wilderers gefunden und hat auch sonst nie mehr etwas von ihm gehört.

Rautner setzte sein Leben wie gewohnt fort, bescheiden und ehrlich. Seit seinem Erlebnis auf der Burg glaubte er unbeirrbar an diesen Geist dort oben – niemand konnte ihn davon abbringen.
Die Jahre vergingen, und Rautner war schon ein sehr alter

Mann, als er die Geschichte, wie er sie in seinen jungen Jahren erlebt hatte, jemandem erzählte, der sich über seinen seltsamen Geisterglauben gewundert hatte.

Und so blieb die Geschichte erhalten, wurde weitererzählt und auf diese Weise überliefert, ehe sie eines Tages schließlich niedergeschrieben wurde.

SCHLUSSBEMERKUNGEN DES AUTORS

Der teilweise historische Hintergrund dieses Romans machte es notwendig, einige historische Nachschlagewerke zurate zu ziehen. Nicht, um daraus abzuschreiben, sondern um so an erforderliche Fakten und geschichtliche Daten zu kommen:

Zur Geschichte des Gebhard von Chammer und der Schaumburg:

= Bayerische Staatsbibliothek München

= „Inventar der Burgen Oberbayerns“
  von Michael W. Weithmann

Zur Zeit des Gebhard, wie historische Ereignisse, Kleidung, Waffen und dergleichen:

= „Der Jüngste Tag“ von S. Fischer-Fabian

= „Deutsche Geschichte – Das ausgehende Mittelalter

von 1378 - 1517" von Heinrich Pleticha

= „Glanz und Elend des Mittelalters - Eine endliche Geschichte" von Ferdinand Seibt

Zu den Göttern der germanischen Welt:

= „Weltgeschichte in Romanen - Caesaren und Kaiser" Band -2- von Paul Frischauer

Zur Legende vom Geist auf der Schaumburg am Ende des Romans:

= „Sagen und Legenden um das Werdenfelser Land" von Gisela Schinzel-Penth

Diese Legende ist dem Autor allerdings selbst bekannt. Sie wurde daher in leicht abgeänderter Form aus der Sammlung der Legenden übernommen.

Wettersteingebirge
Isar
Heimgarten
Schuwenburg
Schlehdorf
Ohlstadt
Loisach
Via Claudia
Weichs
Schwaiganger
Ramsach
Murnau
Loisach
Froschsee
Riegsee
Froschhausen
Riegsee
S
E
W
N